直資人語

感遇

專業

睿智

視野

創意

直資學校校長文集

序一

陳智思 GBS, JP
香港特別行政區政府行政會議召集人

直接資助學校計劃自一九九一年起推行，不經不覺已經歷近三十個寒暑，其間見證不少優秀學生畢業，再晉身成社會棟樑。直資學校的發展有目共睹，為學生提供了更多元化的優質教育選擇，其成功實有賴家長、老師、校長及辦學團體等不同持份者的努力。

其中校長可說是學校日常運作的最高領導。在我年幼讀書的時代，校長或許常給人嚴肅的印象。但今天，更多的感覺可能是親切與關懷。

香港直接資助學校議會的執委會成員，他們身為校長，多年來在忙碌的教學及管理生涯之中，不忘抽時間以校長的角度在報章專欄輪流執筆寫作。文章題材多樣化，有探討教育、政策及社會等議題的，也有輕鬆分享人生點滴及生活趣味的，目的都是希望借文字跳出校園，與更多、更廣的讀者交流。

今次為紀念議會成立二十周年，特意把文章集結成《直資人語》一書，不只是對過去作個總結，更是啟迪未來，春風化雨，滋潤心靈。

直資人語

序二

張仁良教授
SBS, JP, Officier dans l'Ordre des Palmes Académiques
香港教育大學校長

《說文解字》：「師，教人以道者之稱也。」師字既指教導、傳授學問之士，亦有榜樣和表率之意。古人尊師，是對學問的重視，正如《禮記．學記》所言：「師嚴然後道尊，道尊然後民知敬學。」

為人師表，誠非易事，除了「傳道、授業、解惑」，更要與時並進。今年，新冠肺炎肆虐全球，各地政府紛紛宣佈停課，教育同工遂以網上教學代替傳統面授課堂，以達致「停課不停學」。教師為此殫精竭慮，既要調整教學內容，也要與家長保持聯繫，跟進學生的學習進度，專業精神令人敬佩。科技雖能令網上教學成事，但說到底只是輔助工具。在此艱難時刻，全賴前線教育工作者用「心」教學，以「愛」育人，堅守為人師表之責任。

繼二零一六年出版《直言可資》，一眾直資學校校長在百忙中仍勤於筆耕，透過報章專欄分享洞見，並再次把鴻文匯集成《直資人語》一書，實為學界之福。各位校長不吝分享所見所聞，既談芬蘭教育可取之處，也談內地創科發展一日千里，並提倡科學素養、抗逆能力及正面價值觀的培養。書中對年輕教師的寄語及勸勉，值得後輩細味和學習。

難行萬里路，回歸萬卷書。透過此書，讀者能瞭解到教育工作者面對的種種挑戰，以及他們對教學的反思。

我盼望疫情過後，能與一眾校長聚首，暢談師道。

序三

陳狄安校長
香港直接資助學校議會主席

二零二零年為香港直接資助學校議會成立二十周年，為表慶祝，特意出版議會第二本文集《直資人語》。全書輯錄了近一百三十篇由各直資校長於《信報》專欄刊登的分享文章。這些文章題材廣泛，涵蓋不同範疇，由教育議題、國際/社會時事、道德倫理、遊學交流、人生經驗，以及生活軼事等等，多元的題材秉承了議會的核心價值，亦展現了我們的特色。希望透過各校長的分享，讓大眾關注不同的議題，從不同角度思考、探討，更藉此開拓另一溝通渠道，讓大眾更深入了解直資學校的運作及各校長的理念，與各持份者直言分享。

教育需要與時並進，直資學校為香港教育帶來生機及動力，開拓一個創新及多元的時代，為家長帶來多元選擇。可貴的經驗值得我們參考，藉此感謝各校長百忙抽空，親自執筆分享。

特別鳴謝議會上屆主席招祥麒博士促成此文集的出版及提供寶貴意見，並感激南華早報及各編委成員、統籌小組的傾力協作，在此一併致謝。

直資人語

作者簡介

陳狄安校長

陳狄安校長現任港青基信書院校長、香港直接資助學校議會主席。陳校長於二零零四年加入港青基信書院任教，並於二零一三年出任校長至今。陳校長對教育充滿熱誠，重視學生在學術及心智上的全面成長，並鼓勵學生發展個人潛能，建立國際視野，致力培育他們成為卓越、關心社會、有責任感的國際公民。陳校長更熱心參與各種社會服務，同時亦擔任離島校長會主席、香港校長中心執委、新會商會港青基信學校副校監、香港學界體育聯會荃灣及離島區中學分會副主席、離島區撲滅罪行委員會委員、離島區青年活動委員會委員、香港童軍總會新界地域副地域總監、香港童軍總會新界地域大嶼山區副會長、國際獨木舟聯盟獨木舟水球委員會委員及國際扶輪 3450 地區大嶼山網上扶輪社司庫。陳校長曾在香港及英國接受教育，於英國紐卡素大學取得會計及金融分析學位，隨後取得澳洲紐卡素大學的商學碩士學位，並在本地的大學先後取得教育文憑及課外活動管理專業教育文憑。

招祥麒博士

招祥麒，香港大學哲學博士、珠海書院文學博士。現職陳樹渠紀念中學校長、香港直接資助學校議會副主席、香港私立學校聯會副會長、粵語正音推廣協會主席、香港教育大學校董、香港能仁專上學院客座教授、香港嶺南大學中文系顧問委員、上海復旦大學陳樹渠比較政治發展研究中心理事會成員、民政事務局葛量洪獎學基金委員會成員、教育局中學學位分配委員會委員、課程發展處中國語文教育組課程發展顧問、團結香港基金顧問及香港童軍總會東九龍地域副會長等。招校長除推動教育外，並致力於詩詞創作和學術研究，曾兼任香港大學中文學院講師、香港大學亞洲研究中心及香港人文社會研究所訪問學者、珠海學院中國文學系教授等。著有專著《風蔚樓叢稿》、《王夫之春秋稗疏研究》、《潘尼賦研究》、《風蔚樓叢稿續編》、《十二生肖詩集》、《粵語吟誦的理論和實踐》及單篇論文近三十篇。

黃金蓮校長

黃金蓮校長是一位資深的教育家，對課程發展的多元化、現代化及國際化有充分的掌握及豐富的經驗，使不同能力、興趣及潛能的同學都能發揮其個人天賦，達至全人教育的目標。同時，同學們也能考獲優異的成績而進入理想的高等學府，繼續鑽研他們喜愛的知識，使學習與生活接軌。黃校長不斷領導各種創新項目，均取得極大的成就。她除致力為青年提供全人教育，還使他們對家庭、社會及事業作出積極之貢獻。多年來，黃校長亦為學生們開展了許多交流項目，跟國內的姊妹學校及許多本地和海外著名的高等教育學府保持著牢固的聯繫，讓他們在欣賞和體驗自己的國民身份之餘，並肩負他們作為全球公民的使命。

鄭建德博士

滙基書院（東九龍）校長鄭建德博士前後於三所基督教中學服務超過三十二年。鄭博士的專長在化學課程、教育、基督教研究三個範疇。鄭博士曾任課程發展議會科學教育委員會主席、行政長官卓越教學獎評審工作小組委員等。現任香港直接資助學校議會內務秘書。

陳偉佳博士

陳偉佳博士現任香港浸會大學附屬學校王錦輝中小學總校長、香港直資學校議會外務秘書、嶺南大學校長顧問、嶺南大學社區學院及嶺南大學持續進修學院校董會成員、沙田文化藝術推廣委員會主席、香港學界舞蹈協會副主席、曾任香港演藝學院校董及審計委員會主席、現為香港中樂團理事會副主席兼市務委員會主席。

左筱霞校董

左筱霞校董早年曾於津貼學校任教，在一九七二年加入地利亞教育機構，對機構服務弱勢社群的辦學宗旨和教育理念深感認同。她從教學崗位逐漸進入機構行政部門，管理中、小學及幼稚園，現為地利亞教育機構各校校董會主席，並出任機構的行政總監。左校董一直致力與校內師生共同努力，實踐「積極奮進，和而不同」的校訓。為了協助本港少數族裔學生融入社會，並享有與本地學生同等的升學及就業機會，乃開發以中文為第二語言的新課程及制訂有關教材幫助學生學好中文衝破語言障礙。此外，向每名學生分發一套平板電腦加強學生的學習動力，培養他們運用資訊科技及自學的能力。

譚張潔凝校長

譚張潔凝，香港大學榮譽文學士及教育高級文憑、香港中文大學教育文憑（理論優異，實習優異）及教育碩士；北京大學法律學士。現任聖瑪加利男女英文中小學校長，曾任前香港考試局委員及旺角區撲滅罪行委員會主席，一九九一年獲香港政府頒授榮譽獎章。任校長四十多年，基於全球化帶來之挑戰與機遇，致力培養學生具多種語文能力。現時主要公共服務包括香港學界舞蹈協會主席、香港直接資助學校議會總務、教育局藝術及科技教育中心管理委員會委員、香港青少年服務處執行委員會委員等。

關穎斌校長

關穎斌校長，畢業於香港中文大學地理系，從事教育工作逾二十五年，現任漢華中學校長、香港直接資助學校議會執行委員會學術委員、東區學校聯絡委員會委員。關校長積極參與人文科目的教研與發展，推動香港課程及專題研習等學習方式的發展工作。

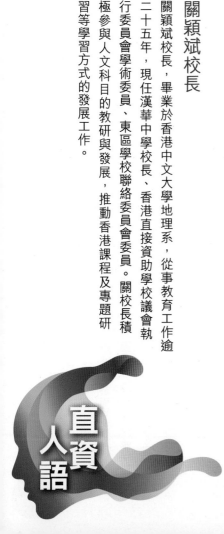

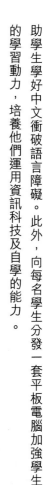

黃桂玲校長

黃桂玲，現任港大同學會小學校長。從事教育工作三十多年。重視孩子全人發展和素質培養，相信每個孩子都是獨特及具備潛能的；認為教育是要面向未來，因此要能幫助孩子學會做人、學會生活、學會做事和學會學習，成為才德兼備的新世代。近年黃校長積極參與教師及校長培訓工作，亦偶而執筆為文或主持家長講座，推動家長教育工作。

徐區懿華校長

徐區懿華，現任福建中學附屬學校校長。她於香港中文大學修畢學校改善及領導碩士，並以獲登院長榮譽錄（Dean's List）之成績畢業。在到職福建中學附屬學校之前，曾任國際學校校長，亦曾於香港不同類型學校中出任行政人員及任教英文及體育科。擅長培訓教師使用「反向設計」（課程及教學）、「促進理解的課程設計」（課程及教學）、「個別化教學設計」（教學）、「正向訓育」（學生成長）、「海豚式育兒哲學」（家長教育）及「邁向成功的七個好習慣」（管理）等優化學校，經常獲邀為本地及國際教育論壇擔任講者，也為香港教育大學教育行政課程任分享嘉賓，及擔任「擬任校長課程」導師。講題包括「高效能學校」、「評估素養」、「國際化教育」及「品德教育」等。徐校長率先在校內推動單輪車、旱地冰球、單輪車曲棍球等新興運動，並推廣至其他學校。透過體育運動以培養學生積極向上、堅忍不拔等個人特質。

林建華博士

林建華博士（BBS，MH），香港福建中學校長（二零零零年至二零一五年）、福建中學附屬學校總校長（二零零九年至二零一五年）、福建中學（北角）校長。林博士曾任教育署督學及高級督學（一九八七年至二零零零年），香港理工學院講師（一九八三年至一九八七年），亦曾任香港城市大學兼任講師、中學教師等職位。二零零三年取得英國杜林大學教育學博士。林博士於二零零七年榮獲香港特別行政長官頒發榮譽勳章（MH），二零一四年獲頒銅紫荊星章（BBS）。曾任及現任主要公職包括有：香港特別行政區觀塘區委任區議員、香港校董學會主席、童軍知友社教育委員會主席、新市鎮文化教育協會主席、香港直接資助學校議會主席及副主席、九龍地域校長聯會副主席、觀塘區學校聯會主席、觀塘青少年發展協會主席、香港男童軍東九龍地域副會長、香港女童軍觀塘分會主席、全國「華羅庚金杯」少年數學邀請賽香港賽區組織委員會主席、班主任工作研究會主席、粵語正音推廣協會副主席等。其他曾任及現任社會公職還包括：民政事務處藍田分區委員會主席、觀塘區公民教育委員會副主席、市區重建局觀塘分區諮詢委員會委員、聯合醫院管治委員會委員、香港金益金觀塘區委員、教育局教育發展基金諮詢委員會委員等。

羅慶琮博士

羅慶琮，香港大學理學士、教育碩士，倫敦大學教育研究院哲學博士、城市大學榮譽院士。曾任中學教師，香港考試局科目主任，香港社會服務聯會研究部主管、香港教育署首席課程主任、香港考評局研究總監、培僑中學校長、培僑書院創校校長。曾任香港電腦教育學會創會義務秘書、香港教育研究學會理事、香港直資學校議會主席、英皇書院舊生會副會長、香港城市大學校董。

黃廣威校長

黃廣威，原任林大輝中學校長，於二零一八年退休。黃校長從事教育工作超過三十六年，其中十五年擔任兩間直資學校之校長。在擔任校長之前，黃校長曾任教中學電腦科達二十年之久。在任校長期間，黃校長積極推動本港資訊科技教育及應用學習課程，自一九八九年以來，他歷任香港教育局轄下課程發展議會多個重要委員會之主席及成員職務，積極參與及推動電腦及資訊科技學科課程的開發工作。退休前曾大力支持學生運動員在體育及學業上雙線發展，為運動員同學開創更多之多元化學習機會。此外，黃校長還歷任香港考試及評核局委員，及曾擔任香港教育城董事。在培育後輩方面，黃校長曾任香港中文大學的兼任講師，負責教授教育學院的資訊科技教育碩士學位課程。退休後黃校長仍致力在教育界展露餘暉，在多個校長會中擔任義務工作，並被優質教育基金邀聘為評審委員及項目顧問，繼續為教育界付出貢獻。

盧偉成 MH 校長

盧偉成，前直資議會執委，現任播道書院總校長，新城電台《人仔細細》節目嘉賓主持，香港教育領導協會主席。

黃顯東校長

黃顯東，現職萬鈞伯裘書院校長，從事教育工作超過二十五年，並擔任香港電子學習教育協會主席、香港數碼遊戲為本學習協會會長，以及不同學校議會及教育團體成員等職務。黃校長致力推動創新教學，透過多元課程及活動，促進學生全人發展。其任職學校於二零一八年被評為「全國十佳科技教育創新學校」，以及於二零一九年成為全球 Deep Learning「深度學習」學習組織成員。

文詩詠校長

文詩詠，社會企業研究院院士；香港教育大學教育行政碩士；北京清華大學公共管理學院（EMPA 高級人才公共管理）研究生，現任保良局林文燦英文小學校長。文校長年輕有為、敬業樂群，於一九八九年展開教學生涯，已在教育界耕耘三十餘載，先後在私立、資助及直資學校擔任前線教師及管理工作。在二零零四年出任保良局賈梅士學校校長，致力服務全球新來港學童，透過制定適切的啟動課程，讓學生們具備信心及能力入讀香港主流學校。二零零八年文校長轉任保良局林文燦英文小學校長。

目錄

第一章 專業：教育評論

第二章　睿智：社會觸覺

第三章　創意：課程、科目、活動

第四章　視野．學海交流

第五章　感遇：人生掇拾

第一章　專業：教育評論

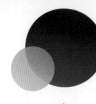

直資人語

招祥麒

本專欄名為「直資人語」。顧名思義，撰作者是「直資人」，更清楚地說，是香港直資學校的校長。直資學校的校長用文字表達心裏的說話，固然離不開「直資制度」、「直資學校的人與事」，但也不盡然。舉凡校長們所見所思所感的，包括教育評論、時事分析、人生感遇等，都有機會和讀者分享。

直資制度的出現，源自一九八八年六月教統會發表《第三號報告書》。該《報告書》建議政府取消向私立學校買位，推行嶄新的「直接資助學校計劃」，資助及鼓勵私校發展為一個強大的體制。政府接納《報告書》的建議，一九九一年開始，首批直資學校出現。誠如《報告書》指出：「在一個健全的教育制度下，應該有一類真正有實力的私校與資助（政府）學校同時存在；情形就如英國一樣，當地的私校較其他類型的學校更有聲望。」香港是一個多元化的國際都會，政府能提供不同體制、不同類型的學校，讓家長和學生作出選擇，確是有需要的。首批直資學校出現以後，繼之有轉型的、有新辦的，到目前為止，全港已有七十三間直資學校（包括十二間小學、五十二間中學和九間中小學一條龍學校）。直資學校只佔全港學校總數（小學五百七十五間；中學五百零六間及六十一間特殊學校）不到百份之七，但卻成為生機勃勃的教育體系。

政府容許直資學校在課程發展、教學語言、收生方法、學費釐定及教師聘用等方面，享有一定的彈性和自由度，但同時亦要求透明與問責。這種辦學的自主權，便成為直資學校最大的特色。直資學校會因應各自的辦學理念，在多方面進行創新嘗試，部分中學更開辦國際課程，適合家長的多元選擇。

過去，有些人誤解直資學校等同貴族學校，收取高昂的學費。殊不知所有直資學校都設立減免學費／獎學金制度，學校會將所收學費撥出不少於百份之十資助清貧學生。現時有十多間初中全年學費低於五千元，有幾間更全免學費。因此，硬說直資學校等同於貴族學校，實不公允。

今後，香港直接資助學校議會的執委校長將輪流執筆，讓讀者從中窺見一批教育工作者的樹人心、家國情、宇宙觀！

校規的意義

鄭建德

早前有一則新聞，報道一所中學舉行便服日，其中有四名男同學借來女同學校裙穿著，惹來哄動，隨即被老師訓斥，並指此舉違反校規。涉事同學亦不甘示弱，據理力爭，反問哪一條校規禁止男生穿著女生校服云云。這事件讓我重新反思校規的意義。

誠然校規條文一定不會包羅萬有，亦不可能涵蓋所有學校發生的事情的所有細節。面對上述事件，校規被學生挑戰，最直線的想法就是急急在校規中補上一條，以堵塞漏洞。可是，這也是最危險的做法，因校規寫得越仔細，就更吸引學生鑽空子，走「法律罅」，這並不是校規的意義。

當然大家可以想像，社會的法律制度也有相似之處，雖然有完整的法典，也得靠完善的法律制度去執行，包括檢控、抗辯、審理、判決，然後成為案例，供其他相似情況作參考。可是，我們樂於看見學校行這一套制度嗎？難道訓導老師要扮演警察和檢控官，甚至是法官的角色？校規的作用真的要成為校園的法律？學校豈非談「情」説「愛」，建立師友情和關愛的地方？為何要把它塑造成警署和法庭？

其實，校規的意義首重教導，它是一種教育工具，這種的想法才真正配合它在校園存在的意義。試想假如有一條校規寫道：「學生不准吸煙」，從條文的角度學生可以爭拗説校規沒明文禁止酗酒或吸食大麻，但從教導的角度可解讀成學校不想學生沾染一些有害身體的習慣，那「不准吸煙」就涵蓋了其他有害身體的事情。又假設有一條校規寫道：「學生髮飾儀容須合乎禮統」從教導的角度看，重點是希望學生純樸端莊，而並非糾纏於男生可否穿著女生校裙。

當然，我相信老師對校規的教育意義應無異議，只是擔心在執行時會引來不同老師對校規有不同演繹，在處罰時會惹起爭拗。可是再看看上述事件，學生在訓導老師威嚇要記缺點時就換回男生校服，當訓導老師離開後卻變本加厲，穿著女生校服走到校外去。在這個案看來，處罰收不到應有的教育意義。所以，請別為容易執行處罰而扭曲了校規的意義。

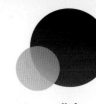

對新教育局局長的期望

林建華

香港行政長官選舉已於三月二十六日塵埃落定，林鄭月娥獲七百七十七位選委支持，得票率達66% 而成為第五任特首，但教育界人士都會不約而同地在談論新的教育局局長將會是誰。

林太的四十六頁選舉政綱展示了香港的前景和機遇：香港已連續二十二年獲評為全球最自由的經濟體、二零一六年「全球最具競爭力的經濟體」，可稱為「最安全城市」之一。她提出香港要抓緊國家「一帶一路」機遇，保持國際金融中心地位、成為國際資產管理中心、建立專業服務品牌，發展創科及創意產業；政府要充份發揮「促成者」及「推廣者」的角色。在「培養人才」方面，她提出成立「人力資源規劃委員會」。此外亦在管治方面注入新風格，包括「公眾參與、與民共識」、「廣納賢能、用人唯才」等理念。

在教育方面，她提出「優質教育」、「專業領航」、「全面檢視」、「簡政放權」等理念。在全面檢視教育方面，林太提出强化學生的多元發展，檢視現時的課程安排，加强推動 STEM 教育、把中史成為初中的獨立必修科，推動職專教育作為文法學校外的另一選擇。她更提出成立「兒童事務委員會」及提升「青年事務委員會」的層次。

林太提出要增加教育開支，希望從現在的 3.4% 增加至 4% 以上。她更提出當選後會即時增加每年五十億元的教育慣常開支，用以改善中小學教師編制，把短期合約教席轉為常額教席等，增加對融合教育和特殊教育的支援，改善學校的硬件及軟件建設等。但是這龐大的新資源如何善用，正需要諮詢教育界前線，以免引起「民怨」。

新特首林太的上任，正是香港回歸二十年，教育制度及政策的全面檢視正是當務之急。自從局長問責後，甚麼以前「教育統籌委員會」及「教育委員會」已失去原有制訂教育政策的角色。教育發展缺乏長遠規劃，而教育局局長更是「無兵司令」，局長決策者只有一人，而執行者卻是一個龐大的官僚體系。再加上教育局局長不熟識教育專業，教育問題往往被政治化，遠者如「國教」事件，近者如小三系統評估，都令教育局疲於奔命、處於被動。所以，委任適當人士擔任教育局局長更是重中之重，重新檢視教育規劃及高中課程的實施亦是當務之急。在政綱結語中，林太的抱負是「讓孩子在啟發和具創意的關懷環境中健康、愉快成長」，「讓年輕一代有機會各展所長、創造美好人生」，我們期望新教育局局長能把林太的政綱及抱負付諸實踐，在處理教育問題上表現專業問責。

新任教育掌舵人

徐區懿華

繼前幾天有媒體傳出新任特首可能將提名陳美齡女士出任香港教育掌舵人之後，網民即發揮無限創意，提出由梁家輝先生執掌警務處、丁蟹執掌金管局等建議。由此可見，市民大眾一時間對於傳出上述教育局局長人選感到未能理解。

教育乃社會發展的最基本推動力。今天教育工作的落實，將影響到香港社會未來的發展。今天小學教育工作所面對的困難，以下略述一二：

一、融合教育的推行。不同學校教師走在一起，話題總離不開照顧特殊教育學生的困難。大部分融合生一般都不太影響課堂，有經驗教師教學已具一定水平，要照顧他們亦不會覺得太困難。但每校都總有好一些情緒行為問題較嚴重的學生，不論入職前或入職後有多少培訓，教室裏教師需要獨自一人同時照顧都會有困難。國際學校及外國一般都確保這些學生有 Education Assistant 在課室裏一對一提示上課規則及技巧；若真的無法融入，會另外再給支援予學生及家長。

二、評估及回饋。中國人文化中，評估即等同考試。有考試就要操練，爭名次概念根深蒂固。社會大眾套用上述印象去理解近代教育規劃及實踐，便大錯特錯。近代教育強調在課室內製造一個有安全感的環境，鼓勵學生作出嘗試，從錯誤中發現問題及學習。評估分為「促進學習的評估」、「以評估作為學習」，以及「為學習作評估」，其中只有最後一種評估目的會使用考試作手段。近年備受爭議的 TSA/BCA 就與考試的概念相去甚遠，設計原意是「促進學習的評估」，讓學校使用數據看到教學上的問題，進行教學改善。教育當局及一眾教育工作者怎樣令社會大眾理解上述概念，是一大挑戰。

這些都是小學同工甚為關心的課題。大部分都是專業問題及專業概念，非一般非教育出身的人能容易理解。還有很多行政上的問題，如小一及中一學位分配機制、舊校舍問題、全日制問題、持學位資歷卻未能獲得學位教席、人口下降縮班問題、小學校長薪酬與工作複雜性不相稱等，最後三項直接影響教育界士氣。五十億元或更多的投資，也許都不一定能妥善解決，必須倚靠能人帶領。當中的複雜性，是否史丹福大學博士媽媽及其三名史丹福大學兒子可以解決到的呢？此言並無貶抑任何人的意思，只是想提出，傳出陳美齡任新教育局局長訊息的人，要不是認真的，要不就是希望普羅大眾想一想：究竟新任教育掌舵人，需來自甚麼背景，擁有些甚麼技能和經驗，方能勝任局長一職？

傳承與創新：直資學校對香港教育生態之影響

陳偉佳

隨著社會進步，辦學模式多元化是教育發展的自然趨勢。政府於一九九一年推行直接資助（直資）計劃，讓家長在公營學校以外有更多的選擇。計劃推行至今逾二十五年，直資學校的數目與日俱增，從回歸前只有約二十間，到目前共有七十三間，包括六十一間中學、十二間小學和九間一條龍學校，分別佔全港中小學 15% 及 6%，形成本港教育的新常態。

相對於官立和資助學校，直資學校享有較大的自由度，特別是在課程設計、資源運用、收生政策、教學語言與管理營運多方面享有充份自主權，給予學生更全面和適切的支援，以及多元而增潤的校園生活。

就收生而言，直資學校以賦予的自主權，開放予全港學生報讀，讓學生家長能跨區選校，不受校網約束，平衡了學生選校志願的限制。由於直資學校可收取學費，學校可以較佳資源提供較優質的學習條件，使一般家長不必負擔如國際學校的學費便可獲得入讀。外界普遍存有錯誤印象，將直資與貴族學校掛勾，只有負擔得起的家庭之子女才能入讀。然而，教育局規定直資學校必須預留學費的 10% 作學費減免／獎學金，以協助清貧學生就學。一般直資學校都提供全費至兩倍學費的獎助學金，資助有需要學生的學費與課外活動費用，盡力確保社會不同階層的學生接受優質教育機會，促成學生的流動並確保學生來自不同社經光譜。

課程方面，直資學校擁有靈活彈性，可因應社會發展、學生能力、家長期望，及時設計校本課程。例如早期就運用彈性作出教學語言校本微調，證明成功並廣受支持，現在已在公營學校實施。此外也包括開辦第三語言及合理比例的國際課程，如國際文憑（IB）、英國倫敦普通教育證書課程（GCEAL）、國際

A Level 高中高級學歷課程（IAL）等，讓學生在香港中學文憑考試（DSE）外有更多升學選擇，高中階段後的出路不再局限於本地大學，提升整體升學率並加强香港學生升學國際化。

經過四分一世紀，直資學校經摸索、調整、發展與鞏固後，成績有目共睹，備受家長的認同與肯定，形成傳統公營學校外的一個成功的教育實驗。總括而言，直資模式刺激並發揮了個別學校辦學個性和特長、突破原有框框作出教育試驗、補充政府資源以加强教學配套，以及在市場導向下邁向卓越。展望未來，直資學校會繼續秉持興學育才的方針，在政府賦予的彈性下，竭力為下一代提供切合社會需求的優質教育，讓家長為兒女挑選學校時有更多的選擇。

香港優質教育的機遇

黃金蓮

直資學校計劃在一九九一年九月起推出，目的是使本港的學校體制更多元化，在官立學校、津貼學校和國際學校以外，讓家長有更多的選擇。

在直資計劃下，學校在多個範疇上享有較大的彈性，當中包括資源和資源調配、課程設計和收生，以及行政管理等。

在資源方面，直資學校獲得政府以人頭計算的津貼，是津貼學校學位平均單位成本乘以收生數目，另外直資學校可以向家長收取不超過政府津貼的二又三份一倍的學費。由於有額外的資源，在人手方面，一般直資中學的教師數目可較津貼學校多 20% 至 40%。除了軟件的提升外，直資學校收取的學費可以改善和提升教學硬件設施。例如在推行電子教學方面，學校可以推行一人一 iPad，令學生直接得到好處。

課程設計的彈性是直資學校另一提升教育素質的重要因素。除本地課程為主外，直資學校可以開辦其他課程。以本校為例，我們以本地中一至中四課程為本，再以滲透形式補足英國國際普通教育文憑課程（IGCSE）的內容，以及完成一科英國商業與技術教育委員會（BTEC）課程，令同學可以在中四完結時參加 IGCSE 考試，由八至十多科，一般同學都能考獲優良的成績，包括 BTEC 科在內，這樣可以擴闊同學的知識層面和學習經歷。升上中五時，同學可以選擇修讀本港文憑試（DSE）課程或英國的國際高級程度考試（IAL）課程，打好基礎，參加相關的考試，同學從而可以根據自己的興趣和未來發展需要，選擇在本地大學或海外大學升學。

直資學校利用額外教育資源的投入，可以為學生安排不同的課外活動。活動形式除了多元化外，更可以走出香港，接觸世界，開拓學生的視野。

由於直資學校必須將學費 10% 用作獎助學金，而不少直資學校更將獎助學金百份率提升至 30%，務求照顧有需要的基層子弟。不少的直資學校學費也屬非常合理的水平，絕對是基層子弟也可入讀的學校。

直資學校的原意是給家長多一個選擇，讓市場力量驅動學校提升教育素質。從公共資源投入的角度去看，直資學校獲得的額外資源是來自家長的腰包，而不是來自公帑。在沒有直資制度之前，這些家長可能將額外的學費用在子女身上作補習和參加不同的課外活動等；直資制度只是將家長的錢（學費）交到學校，改善辦學環境，讓學校專業地發揮更高的效率和效能。

直資學校計劃推行了二十多年，政策目的明顯地已經達到。可惜在某些落伍教育政策的限制下，現時不少津校已不能高效地發揮他們原來辦學的理念，轉為直資學校不失為他們另一出路的考慮。

學校的功能是培養學生良好習慣（上）

譚張潔凝

劉蓉的《習慣説》是我輩中學時必讀課文，文中敘述了一位小童對書房地面一個窪穴被填平前後的感覺，提醒我們：「習（慣）之中（影響）人甚矣哉！」從而得出「君子之學貴慎始」的結論。

現今我們經常講「終身學習」。學校作為早期學習的場所，對每個人的一生有著重要的影響，其中之一便是令學生在學校生活中培養出良好習慣及態度。

學校為學生提供種種學習經歷，不論「中英數」、「社科健」、「理化生」、「正規課程」、「隱藏課程」，都必須讓學生除了增長知識外，還要培養到良好的態度和技能。當然，掌握經年接觸的知識、態度和技能後能否持續，便要看是否能內化成為習慣。最理想的結果是已經把學校所學到的習慣變成自然，成為日常生活的一部分。閱讀習慣如是，待人接物態度也如是，其他諸如情緒管理、求真精神、不恥下問、坦白正直等等如果能成為學生的天性，應是老師夢寐以求的吧。在家庭功能似乎日顯無力的今天，學校的責任就越見吃重，教師更應責無旁貸地擔負起培養學生良好習慣的任務。

好習慣有很多，就學習而言，我們會期望學生：（一）能夠有較長的專注力；（二）願意虛心認真傾聽；（三）能夠邊聽邊讀，邊認真思考；（四）重視作業對鞏固學習的作用；（五）肯經常為自己定下學習計劃，既定量又定時；（六）學習時心無旁騖；（七）肯不恥下問，有求真追尋答案的主動；（八）有錯不怕認，知了便改正；（九）課前有預習，課後有反思。

培養了這些態度，學生明顯地是可終生受用的，這應該也是每個學校持份者的努力方向。我們每天為學生精心設計種種學習活動、學習經歷；目的就是通過這些活動，令學生能培養出良好的態度和習慣。這樣令他們日後不論立身處世、待人接物都能順利一些，少點碰壁，進而做個有用的人、肯反思的人、願精進的人。但是，一些觀察卻確實令我們憂心，例如學校舉行閱讀獎勵計劃，大家都著眼參加人數、紀錄表上的書本數量，以至每班銀獎、金獎、白金獎的比賽結果。活動過程熙熙攘攘，熱熱鬧鬧；活動過後，能堅持閱讀習慣的人卻不被留意，是不應該的本末倒置。（待續）

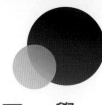

學校的功能是培養學生良好習慣（下）

譚張潔凝

最令人痛心的是，一些學生為了應試而被逼溫習，臨急抱佛腳，卻不知為何努力，不求自己吸收多少學問，只是為了「過骨」（Pass）。他們視讀書為苦事，考試一過便「不堪回首」，甚至一出考場便把書本筆記掉到垃圾桶，以示洩憤，或者對考卷上某些題型字句胡亂批評一番，盡量把考不好的責任諉過於人。總之，責任距離自己越遠越好。試問，我們怎能冀望這些學生會有終身學習的動機，並且會通過終身學習，不斷豐富自己的生命。

弔詭的是，學校不斷設計、推行此類獎勵計劃和考查制度，正是為了令學生確立一些良好習慣。看來效果能否如願，需要更多的條件去配合，比如推行目標要明確，應該著眼在培養良好習慣而不是光追求結果數字；過程不妨多點彈性鼓勵，獎賞願意努力求進步的學生，而不是只著眼最好的冠亞季；不追求徒有形式，而是著眼在良好的學習態度以至思考模式能否植根到學生的腦袋裏，形成日後良好生活態度的基礎，這些都應該視為活動成功的標準。

為學生設計種種學習經歷、規章制度和比賽活動，老師是這些措施的推動者、執行者、監控者，必須目標明確，不能錯誤地把過程膨脹成為目的，以為得獎多、分數高、表面有禮便可以。在推行過程中教師也必須以身作則，不能對己寬對人嚴，這在執行學校校規紀律要求時尤其重要。例如要求學生保持校園清潔、集會時保持嚴肅安靜、用樓梯時要左上右落等等，老師們都應率先做到，明白此等規定的內涵及教育意義，自覺遵守，做學生的模範表率，令學生更投入地將良好行為內化成為自然的美好習慣。

學校是育人的地方，教育目標必須明確。葉紹鈞曾經和夏丏尊合著語文讀寫學習的《文心》，又是我國近代教育理論的先行者。他曾為教育「定位」，說教育「就是要養成良好的習慣。」我國另一位教育家陶行知也很重視習慣的養成，他說：「思想決定行動，行動養成習慣，習慣形成品質，品質決定命運。」學校就是要肩負起這個責任，致力去形成學生的品質，改變他們的命運。如果說這些都是老生常談，那麼下面這一句就更古老了。班固在《漢書》說孔子曾經講過：「少成若天性，習慣成自然。」我們毋須深究孔子究竟在哪裏說過這樣的話，值得思考的是我們教育工作者在塑造青少年的「天性」、讓良好的品格行為變成學生一生自然的習慣這份考卷上為自己打了多少分數，還有多少努力的空間？答案也許不能馬上答得上，但教育工作「任重而道遠」的壓力不會感覺不到吧。

家長與教育

黃廣威

相信大部分家長們都知道，父母在孩子的教育中扮演很重要的角色。就算在中學裏，他們對教育和學校的態度，亦很明顯地會對他們的小朋友有著很大的影響力。

在中學階段的時候，父母熟悉課本知識，在同學遇到學習困難時能夠幫助他們並非最重要。相反，父母在談論學校和教育的看法與觀感時，採取的角度和方式才是最重要。要給孩子最大的成功機會，他們必須有一種態度，要孩子們知道學校是一個具正面價值的地方，學習是一件積極而有益的事情。如果父母能多發表自己的意見和看法去支持老師、支持學校和支持學習，那麼同學們將有更大的成功機會。

學生在學校學習過程中少不免會遇上困難或不如意的事情，孩子向父母抱怨訴苦告狀的時候，家長應耐心聆聽，但不要隨便表示支持或甚至於動輒向學校投訴。事實上，若只盲目支持自己孩子的投訴或抱怨，或甚在不明底蘊下隨意指責學校或老師的不是，會促使學生完全失去對學校及老師的尊重。在我早期作為教師的年代，曾試過有一個學生在課堂中向我説了些不雅的説話，我向那位同學作了紀律處分。第二天早上我收到他媽媽怒氣沖沖的電話問我：「你做了甚麼會令我的小孩向你説不雅説話？」原因是同學向母親説謊編造了一個不是事實的故事。其實如果遇到孩子對學校或老師有投訴，最重要的是要與學校或老師作直接的溝通，以了解箇中真相和獲取更多訊息，從而得出整個事情的事實。在對學校或老師作出指責之前，應先去聽聽老師他們説甚麼，對學校及老師給予大力支持，才可以對小朋友整體教育和發展有著積極的影響。

在我教育生涯中的許多時候，會聽到家長與學生一起討論及指責學校或老師的不是，甚至於告訴他們的孩子不必聽從老師説的，因為老師他們錯了，更甚者有家長聯同學生一起請病假卻去了外遊。其實如果允許學生經常抱怨學校，允許他們把做錯事的責任歸咎於老師，而不積極地向他們説明學校及老師們對教育的重要性，只會助長同學凡事諉過於人的壞習慣，對日後他們的成長是百害而無一利的。

和諧與自由環境對教育發展的重要性

關穎斌

教育是關乎培育人的事業，不論是小學生，還是中學生，在和諧的環境才可安心學習，才能愉快學習。學校內部行政人員、老師、學生、家長的互相信任，有利學校內部和諧環境的營建，課外活動、學與教等成績在上下一心的環境才可以追求卓越。

然而問責文化的興起，學校和諧發展與氣氛受到一定的挑戰。本世紀初香港教育當局一方面推行了一系列的教育改革，同時另一方面也引入了對學校的問責文化。近年，直資學校人事管理、財務管理、獎助學金受教育當局加強監管，對學校的監管有如上市公司。由於直資學校的資源來自兩方面，學費與公帑，所以理應受到持份者問責，這也通常是政府慣用的理據。當然，有關監管的條條框框的確可以促進學校內部監控，從而提升學校的管治，也促使直資學校的辦學質素朝向更高質的發展。然而，學校校長、行政人員除了教書育人，同時要擔當人力資源經理、學生資助主任、以至財務總監等角色，工作量巨大程度不言而喻。當然可能教育局也一定程度上受到社會問責文化的影響，教育局向學校發出的通告越來越細微，校長、行政老師和基層老師也要花時間逐字研究與跟從，以避免被責成違規。除了增加工作量，程序化的結果，學校的彈性與創意也日漸縮窄。

2010 年審計署署長《第五十五號報告書》出台後，教育局制訂的措施也推行多年，包括對直資學校的自評清單、管理與財務稽核、管治檢討小組委員會等措施。多年來大部分直資學校在管理上已跟上社會的要求與期望，現時局方需要持續與學校多作溝通，商討如何優化發展，促進互信。除了保持良性互動溝通外，如何簡化以上行政程序也是增加政府與業界互信的一個良策。此外，政府餘下十多億元優化教育的撥款宜應在減輕老師及行政人員負擔上多作考慮，例如為全港學校增設行政主任，釋放校長和老師空間，使老師專注學生學習與課外活動，這才能對學生成長有利。

在問責與監管的文化下，學校要有一定的自由度，學校的創意才能盡展。減輕前線人員的行政負擔，讓校長與老師多關顧學生成長，這才是教育的本義，因教育始終是人影響人的過程，並不是文件影響人的過程。

逆流而上——推動自主學習之路

鄭建德

進入二十一世紀，世界各國都在進行規模或大或小的教育改革。香港也不例外，從學制到課程，以至考評模式，都起了翻天覆地的改變，為的是要回應一個重要的問題，就是二十一世紀的青年人才，究竟需要學習和培養哪些知識、技能和價值觀？可是，在芸芸改革中忽略了一個關鍵環節，就是課堂教學的改革。若教師仍以單向教學為主，老師講，學生聽、抄、背，囫圇吞棗，然後在考試時機械地默寫一遍，這樣的課堂教學怎有可能培養靈活、創新，能將已有知識應用在新問題上的二十一世紀青年人才？故此，培育學生自主學習的能力才是正道。

誠然，推動自主學習之路真的不容易走。曾聽過有家長投訴說：「老師沒教書，老是叫我的孩子自學，能自學就不用來學校上課呢！」也有學生抱怨說：「老師要求我們自學，在課堂上又分組互學，乾脆把他的薪水也分給我們吧！」有經驗的老師可能會這樣提點後輩：「要培養自主學習的能力，需要很長時間啊，可惜課堂需要追趕進度，還是快快把書教完，別耍這麼多花招吧！」以上對話，反映著推動自主學習之路，確是一條逆流而上之路；老師除了需要在教學技巧上有所裝備外，還要有決心和毅力才可達成。

推動自主學習的老師，一定不會如行外人所說不用教書而拋下學生自學而已。反之，他們對課堂活動流程、課業設計，學生課前預習、課後複習，都花上不少心思。至於課堂上，老師游走於各學習小組，了解他們學習難點，指導個別學生學習上的需要，可能比較傳統課堂還忙碌得多呢！在追趕課堂進度上，推動自主學習的老師都有一個信念，就是推動初期學生得花時間培養學習技巧，學習進度會較為慢一點；但當技巧漸趨純熟，學習的進度就會加快，最終都能按時完成課程。

以上所言都是理論和信念，要推動自主學習，還得有以下三道錦囊。（一）單向教學（教師教學為主）和推動自主學習（學生學習為主）是一條主軸的兩端，但教學方式並非只有這兩端，而是根據老師教學經驗，對學科學習的掌握，並檢視學生學習情況而制訂教學方案。因此，老師的專業判斷仍是至為重要；（二）推動自主學習的毅力和決心也是成敗關鍵，因老師要突破自己固有的教學模式，意即老師也要成長；（三）校長、家長、學生的認同和接納，會使推動自主學習事半功倍。故此，老師要多與校長、家長、學生溝通，傳達理念，並接收學習者的回饋，以求找出更貼近學習者需要的教學方式。

直資學校課程的彈性帶出正面的教學成效

黃金蓮

直資學校較官津學校有較多的彈性，如校網無限制，可以全港收生；向家長徵收學費；靈活運用資源，增設學校的硬件和招聘人手；自行決定教學語言和課程等。在眾多靈活性中，善用課程彈性最能帶出正面的教學成效。

以本校為例，學校提供給同學的是一個平衡和廣闊的課程，且能提供多元學習渠道，使學生可循適合她們的路徑升學和擇業。本校所有中一、二同學的學習，基本上以香港特區課程發展議會頒布初中課程為主。在中三和中四時，學校將英國國際普通教育文憑（IGCSE）課程融入香港中三、四課程，並安排所有同學在中四那年的五、六月應考 IGCSE 考試，由八科至十三科不等，代替校內期終考試的成績。

多年試行結果，同學一般成績卓越。以二零一七年八月 IGCSE 成績為例，學生考獲 13A* 有 1 人，12A* 有 3 人，11A* 有 3 人，10A* 有 9 人，9A* 有 17 人，8A* 有 19 人，7A* 有 25 人，6A* 有 17 人，5A* 有 23 人，4A* 有 21 人；而在 190 名同學中，考獲 4A* 或以上的有 138 人，即平均每人摘 5.7 A*；摘 A* 率高達 56.9%，A*-A 率則達 79.7%, A*-C 率則達 98.3%。這些卓越的 IGCSE 總成績，相信與全世界各校比較，我們的同學的總體表現，必可以排在前列呢。

在中五和中六時，學校開辦兩個課程：中學文憑試（DSE）和英國高級程度會考課程（IAL 或 GCE A-level），以前者為主（四班），後者為輔（兩班）。本校在「其他學習經歷」課時中，除了安排數十個多元學習課程，如刺繡、廚藝、粵劇、虛擬法庭、學科學術研究、海外學習探訪，和 STEM 及電腦專題研習等外，更引入英國商業與技術教育委員會（BTEC）課程和本地應用學習（Applied Learning）課程。

在這些課時內，學生可以於中三一年內完成 BTEC 課程的 Level 2，有興趣繼續 BTEC Level 3（相當於高補程度）學習的，一般學生可在中五學年完成課程。同樣地，學校鼓勵同學在中四和中五兩年內參與本港先導的應用學習課程，以強化學生的應用實務知識的能力。這樣，我們每位同學於完成中五時都可獲得英國 BTEC 或香港 DSE 應用學習的資歷，好使她們在中六時專心學習，考好香港文憑試或英國國際高考考試，進入心儀的學院。

在這多元課程薰陶下，同學可循多元學習途徑升學，根據二零一七年本校紀錄，中六學生升讀大學的比率達 95%：入讀港大的佔 34.2%（52 人）；入讀中大的佔 14.5%（22 人）；入讀科大的佔 5.3%（8 人）；入讀城大的佔 7.9%（12 人）；入讀理大的佔 3.9%（6 人）；入讀其他本地大學的佔 8.6%（13 人）；而有 20.4% 同學（31 人）到海外升學，就讀學府包括牛津、倫敦帝國學院、倫敦經濟及政治學院等世界頂尖名校。

直資學校的課程彈性使我校可以推廣多元化課程，因應學生的個別需要，令她們可循適合她們的途徑升學和擇業，發揮她們所長，使每位同學都能貢獻社會。所以，我相信直資學校的課程彈性能帶給學校正面的教學成效，提升香港特區整體的教育效能。

為何要支持公營小學爭取更合理的薪酬及人事編制？

徐區懿華

約十天前，公營學校四會召開記者招待會，為公營小學爭取更合理的薪酬及人事編制。當天大多數傳媒未能掌握重點，報道時集中於「百多位小學校長要求增薪」，致令公眾產生疑問「為何校長們放著許多事情不做，要拋頭露面為自己福祉發聲？」更有人問我為何不受影響的直資學校校長們也跑出來支持是次記招。

直資學校支持優化小學教育環境

直資學校在社會上的其中一個角色，正是運用教育局容許的彈性，對教學以至資源運用及人事管理作先行先試。我們的經驗，正是針對公營學校面對的問題，找出優化及解決方案。故此我們要爭取，要支持的，其實是更適當地運用資源，優化小學教育環境，把歷史遺留下來的薪酬及人事編制問題作全盤考慮，為進一步優化小學教育提供基礎。

直資學校支持重視教師資源，創造有利教師專業發展的條件

都在說芬蘭的教育如何領先，芬蘭教育成功之道，第一在於重視教師資源，吸引人材並創造有利他們專業發展的環境。香港的教育體制的確是在不斷發展和優化中，過去多份《施政報告》都有為幼師及中學優化教學條件著墨。回看香港的公營小學教育系統，我們對小學老師的重視，呈現在哪個地方？

公營小學面對的薪酬編制問題

先別說入職要求早已與中學看齊，照顧小學生對專業水平要求有多高，應不應該參考中學薪級表作調整的問題。過去一段很長的時間，政府都只是透過不同形式的一筆過撥款，頭痛醫頭、腳痛醫腳。小學行

政人員包括學位及非學位晉升機制、領取同等工資者有人需要承擔行政工作，有人卻只需要執行一般教學工作；大校（二十四班或以上）校長到任因一些過時的條文不能領取相應的薪酬，有關撥款對這些混亂情況毫無幫助。

一筆過撥款亦創設了大量教學助理及合約教師的職位，而這些職位又並非於編制內，任職人員每年都要為下一年是否有合約而憂心。更甚者，教學出色的人員除了可以參加「優秀教學」比賽，在獲得認同外，在編制內亦沒有鼓勵優質教學而設立的職位。我們又如何能產出優秀的教學人才呢？

剝削有心人？

任職教育界都是教育有心人，大多都不介意薪酬福利如何，只一心想著如何教好學生。早上六時多出門，晚上七、八時離校，回家仍在工作，乃是常態。社會大眾羨慕的假期多，可以去旅行。君知否校長老師們帶著「文件」及「作文」去旅行也是常態？對這些一向不為自己發聲的有心人，我們也許應懷著最大的尊重，看看如何可透過資源調配，讓人才加入，讓在行內的有心人獲得有利他們發展的工作條件。

從初中中史獨立成科談起

陳偉佳

教育局將在下學年落實初中中國歷史獨立成科，而在《施政報告》中表明培養學生的國家觀念「是學校教育應有之責」。很多論者將二者掛勾起來，作為理所當然的因果關係。固然歷史教育是否能培養學生的國家觀念，答案也是肯定的，只是程度問題而已。但歷史教育一定不單只有上述目標，最終使學生產生家國情懷、具歸屬感，那是歷史教育的再產品。單單將中國歷史獨立成科不一定就會令學生達到這目標。學習國史基於瞭解國家的過去政治、經濟及文化發展，在跌宕起伏的歷史長河中民族的成長，和不同民族的文化融合，與世界上不同地域人民的交往等。當然少不了不同因素例如地理氣候在當中的角色等等，在學問和知識層面獲取資訊。學科本身更具有以歷史資料培養學生的分析、整合、理解力，並借從不同角度的比較和視角作出判斷事件的獨立思考等作用。這也正正是現時年輕人需要的共通能力及軟知識。

要達到認識國情，從瞭解國家的過去，學習歷史，就可以知悉國家走到今日的歷程。但要瞭解國家的今日，就正如《施政報告》中提出要豐富師生到內地交流及學習活動，以更掌握國家在經濟、文化、科技、教育等各方面的趨勢。現時有些往國內的參觀訪問頗流於目的設定不明或者流於說教。曾經參加由一獨立機構主辦的能源主題參觀訪問，直接深入採煤場及礦洞，以至風力發電場地、再生能源的研究中心，涵蓋不同能源的開發、營運、可持續發展及國家能源政策等不同場所，親身體驗及與人員交流，使參加者可以全面而深入瞭解整個中國能源板塊，如此才是真的「認識國情」。

我們應該安排更多有此類啟發性的機會予師生往內地作深入的參觀、訪問，多一點人與人、人與地的互動。從學習歷史對過去的瞭解，到今日活生生的交往，才使「感情」培養起來，對國家的尊重，家國情懷就自然地滋生起來了。所以將國家歷史列為必修科只是起步，還望更多有「心」有「深」的互動和交流積極地配合。

記得我在回歸前唸書時，中、西史都是初中的必修科，希、羅、漢、唐，時空交錯，只覺趣味盎然。其實兒童和少年都愛聽故事，初中歷史應是無數的真實歷史，從故事中整合、分析、理解和思考；深層次的學習就留給高中吧！而令學生對歷史不感興趣的，只是教學法和課程編排的問題而已。

家庭教育與學校教育

陳狄安

早前，筆者收到朋友傳來的一份文章，提及在葡萄牙一所學校最近在禮堂將貼了一張給家長的告示，向家長們指出：身為家長對其小朋友成長及教育應負的責任。內容大致如下：

一、父母應該讓孩子從小在家庭教育中學會使用一些 Magic Words，包括您好、謝謝、唔該、歡迎、對不起等；

二、父母們應以身作則，讓孩子在他們的身上學會誠實、守時、勤力、有合理心，以及懂得尊敬長輩、老師等正面的價值觀及態度；

三、孩子應在家裏學會清潔衛生、如何處理垃圾及注意進食時的禮儀，不要在滿口食物時說話；

四、孩子也應該在家裏學會怎樣看管和處理自己的物品，同時明白不應觸碰別人的東西；

五、學校是一個教授學科知識的地方，並在家庭教育的基礎上作進一步的強化，鞏固孩子在父母身上學會的各種正面的價值觀及德行。

學校不只是一個教授學生學習及學科知識的地方，同時也是一個讓學生學習群體生活、如何建構個人性及發掘及和發展個人潛能的環境。可是，要達成這些目標，這斷然不只是教師或學校的責任，而是要依靠家庭及學校之間的緊密合作。正如以上的告示中所說，一些基本的禮貌及待人接物的應有禮儀，在學生到學校接受教育前應已學會，學校只是強化學生在家庭學習到的這些基本的禮貌、禮儀及態度，並不是重新由零開始教授。

學校教育及家庭教育是相輔相成的，缺一不可。可是，近年社會的轉變、生活的壓力令到有不少學生的家長都因長時間工作而未能多花時間於子女的教育上。有教育同工分享曾經有家長在家長會上指責老師，為甚麼沒有教導及協助其子女養成早睡早起、準時回校上課的習慣；又質疑為甚麼學校不教導其子女在晚上不要沉迷電玩。亦有家長曾怪罪學校為甚麼不教導其子女如何在起牀後收拾被鋪。諸如此類的質疑說來荒謬，卻不罕見。家長過份依賴學校，以至於將自身的責任完全交托予學校，這只會令學生在個人發展及品德培養上未能有一個貫徹的學習及成長環境，以致品德和行為都有所偏差。

筆者相信只有學校和家長攜手努力，各司其職，定能培養一群擁有正確價值觀、懂得關愛及體諒別人、懂得尊重自己及師長、明辨是非及對社會作出貢獻的下一代。

寫給年輕的教師

鄭建德

最近參加了香港中文大學校友會的一個活動，為教育學院應屆畢業生進行模擬面試，過程勾起我很多回憶。原來屈指一算我已進入教育行業三十年，當中甜酸苦辣百般滋味。但我若從頭再選仍會選擇教師的工作，也願學弟學妹們像我一樣愛上這育人的工作。

我是中學老師，任教的是化學科；對很多學生來說，化學是一門既抽象又艱深的學問。我在大學修讀化學本科，並在研究院進行化學研究時對化學產生濃厚的興趣，以至我在教學時不期然流露對學科之情。學弟妹們，你熱愛你的本科嗎？你大學畢業以後會否繼續研習本科學問，以至你的學識不會過時？你對學科知識的追求是會感染你的學生的，所以千萬不要停止追求學問。

教師的核心工作當然是課堂教學。能通過講解、討論、實驗課，幫助學生把難明的理論學懂，這是作為老師的滿足感所在。但今天單向授課已不能滿足學生的需要，故此當老師的得鑽研不同的教學方式，例如翻轉教學、電子教學等，目的只為讓學生學得更好，把知識融會貫通。學弟妹們，相信你經過教育學院的教導，對教學已有一定的掌握；然而切勿故步自封，在教學方法上要與時並進，才能幫助學生學得更好。

誠然，課堂教學並非教師工作的全部；培育學生品格，引導學生尋找積極的人生觀和價值觀是教師的使命。常言「生命影響生命」，在培育學生、引導學生的同時，我們得反思自己的生命素養。我並不認為老師都是聖人，但老師得知道自己的一言一行對學生都有影響力，故此我們都要謹言慎行。德育教育本來就不是在課堂說說，或是進行一些學習活動就能培養得到，而是老師每天身教言教，讓學生耳濡目染所產生的教育效果。老師無論如何都會成為學生的榜樣，端視所建立的是好榜樣還是壞榜樣吧！學弟妹們，但願你們都立定志向，成為學生的好榜樣。

十年樹木，百年樹人。育人的工作是回報很慢的工作，可是我肯定的告訴你，育人的工作是回報率很高的工作，因為生命的成長本來就是無價的。我鼓勵學弟妹們要有耐性，不急於求改變學生，而是踏實的做好教學和培育學生品格的工作，改變必然隨之而來。

通識教育科何去何從？

黃金蓮

最近教育局提出籌備專責小組檢討通識科課程改革，引來各界不同聲音。就此，本校前線通識科老師曾經討論並作出反思。

通識教育科作為新高中課程核心必修科，是一跨學科的科目，透過多角度思考讓學生探究現今社會的不同議題，研習不同處境下的人類境況，將教室所學應用到現實世界，培養獨立思維與明辨是非的能力，這是通識科設立的原意。其課程宗旨在於擴闊學生知識基礎，加強學生對社會的觸覺並開拓視野。對此，通識教育科可謂任重道遠。再者，業界已培養出一批能獨當一面的優秀通識教育科老師，他們和學生教學相長一起打拼，經過長年累月不斷磨練，深刻地掌握了本科的學與教策略。如果貿然把通識教育科從新高中課程核心科目中剔除，恐怕會引來專業社群很大的迴響，未必是明智之舉。另外，同工對有提議把通識教育科評核改為只評及格或不及格，又或讓學生只讀不考，都不敢苟同。自從 1999 年通識科引入以來，一般同學對通識科學習已產生濃厚的興趣和積極的動機，雖說「求學不是求分數」，若然學生修讀此科不用考試，甚至只求及格，對於老師調動學生學習的積極性而言，或許會百上加斤，大大降低教和學兩者效能，故這些建議有違通識科設立的原來目的。

因此，如要為學生創造更有利的學習條件，本校同工對通識教育科改革有以下建議：

一、通識教育科應維持其核心科目的地位並保留成績評級。通識教育科作為香港新高中課程必修科的成效經過多年驗證，並廣獲認可，絕對有其保留的價值。現行通識科評核成績等級，行之多年，是社會有效公平選拔人才的準則，應該保留。

二、優化校本評核。現行通識教育科評核以公開筆試為主導，但只佔評核百份之二十的校本獨立專題探究卻佔用學生和老師太多時間。以本校學生為例，一般用在獨立專題探究的時間不下一百二十小時。加上校本評核的分數是以整校學生公開筆試成績作調整，未能準確評核學生的獨立專題探究的能力表現、公平地評核考生。所以，筆試不應與校本評核掛勾，故取消校本評核是其中一個可能方案。另一優化方案是以小組形式的專題探究取代獨立專題探究的校本評核。這是可以平衡教師和學生的工作量與考核準確性的折衷的辦法，一方面可減省教師的工作量及學生準備報告的時間，另一方面亦符合校本評核的原意，讓學生面向人群，接觸社會，培養及鞏固學生的協作精神、領導才能、演說技巧、解難能力、媒體素養等二十一世紀技能。

三、改革筆試模式。現行卷二延伸回應題評核可就每個學習領域各設多題，考生可自由選擇一或兩題作答，提高靈活度並保留通識科跨單元的特點。學校也可根據學生不同的程度或喜好選教不同的單元或選擇性深化某幾個單元。而卷一資料回應題則繼續考核學生資料應用及分析能力。

香港教育往往因為缺乏人文素質培養而為人詬病，通識教育科正好填補此一課程缺漏。全面的通識教育科課程調整應與其促進學習的評核預期目標一致，才可讓我們的學子學會以高瞻遠矚的眼光建構和諧共融的社會。所以，本校同工建議維持通識教育科作為新高中課程核心科目之一，但需改變部分評核方法，包括取消校本評核或將個人獨立專題研習轉為小組專題研究的校本評核。但我們認為值得保留現時的通識科評核成績等級，作為社會有效公平選拔人才的準則。

中國歷史課程與初中非華語學生

左筱霞

繼教育局在五月下旬發出「初中中國歷史科修訂課程大綱和詳情」，緊接著就是另一個專責委員會上馬，商討如何「支援非華語學生學習中國歷史和中華文化」，大大引起不同持份者的關注。

在學校，已經忙於為非華語學生設計中文課程的中文二語老師關注，是否又要他們兼教非華語學生中國歷史。已經害怕學習中文的非華語學生關注：是否又要用中文來學習中國歷史。中國歷史科主任關注：如何在適應新修訂「中國歷史」主流課程同時，又要為非華語學生設計適合他們的教材，以至如何處理學生不同身份認同。這些都會成為收錄非華語學生的學校所面對的難題。

在社會，非華語學生家長可能會質疑，他們的子女不是中國人，為甚麼要學習中國歷史，培養對中國民族的認同感？如果要學習歷史，應該先學習自己國家的歷史才對啊！這是中國歷史成為必修科可能產生身份認同的社會難題。處理不好，可能會造成文化衝突。

要讓中國歷史科成為初中非華語學生必修科，就要先消除各方持份者的疑慮。

誠然中文二語教學發展方興未艾，貿然增加中文二語老師的教擔當然不合情理，但亦可化「危」為「機」。我們可以把原本只屬「語文科目」的中文二語擴展成為用以教授非華語學生不同科目的「教學語言」，並且向「專科語體」專家學者請教。這既可為老師提供專業培訓，又可提升中文二語教學專業地位。如此，老師可以因應學生能力和性向，採用有效而靈活的教學法，例如「戲劇學中史」和「歷史文物考察活動」，並且選取「跨文化領域」的歷史事件，如「唐玄奘取西經」和「鄭和下西洋」，以提升學生對中國歷史的學習興趣。

我認為「中國歷史」的科目名稱及學習目標具備多角度透視的特點。中國人學習中國歷史，亦即自己國家的歷史，可培養「對中華民族及文化的情感及優良品德」。非華語學生學習中國歷史，亦可培養「尊重及關懷不同的文化與承傳」的兼容並包精神，有助融入主流社會。只要老師適當引導學生辨別身份，無論華語或非華語學生，學習中國歷史都會各得其所，和而不同。

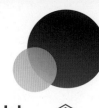

《施政報告》能否點燃基礎教育的希望

林建華

林鄭月娥行政長官在十月十日提出了以「堅定前行、點燃希望」為題的第二份《施政報告》，刻劃了香港各方面未來一年及以後的發展。在教育方面，她認為「政府在教育的開支是對未來發展最有意義的投資」及「對老師好點」作為政府內部處理教育事宜的行事準則。

在基礎教育方面，政府似乎為保留教師的元氣作出了很好的措施，例如過去一年共提供了二千二百個額外常規教師，並提出延長因縮班而過剩的中學教師保留期，並預期未來小一亦因學生人數減少而出現教師過剩。政府及學校將會一同面對這樣危機，希望政府能夠妥善就學生人數減少而引起教師過剩的問題，採取積極措施，例如增加每校班師比例以保留超額教師，以免十多年前的縮班殺校、大傷教師元氣的歷史重演。

這次《施政報告》也在學生的全人發展著墨較多，例如提出幫助學生建立正面的價值觀和人生態度。政府以透過於二零一九至二零二零學年撥出九億元增加「多元全方位學習津貼」以推行上述措施，即平均每校可獲增加五十至六十萬元以推動人文科學、「STEM」教育、體藝德育及公民教育等不同課程範疇和進行走出課堂活動。

教師專業發展方面，政府會於二零一九至二零二零年度在公營中小學一次性地全面推行教師職位學位化，並答應會理順小學校長及副校長的薪酬，以及改善小學中層管理人手。此外並將於每所學校增加一名二級行政主任以減輕教師的行政工作，例如招標、員工招聘、財務管理及校董會秘書等工作。在幼稚園教育方面則提出將會訂立幼師薪級表，這些措施都得到教育界歡迎。

但在有些方面，政府卻較為吝嗇及發展緩慢，例如在家長教育及家校合作方面只會增加三千萬元來推動這方面的工作，平均每所學校只增加二萬元。初中的中國歷史課程還要等到二零二零至二零二一年才落實推行；在學校教育心理服務方面將要等到二零二三至二零二四年學年才把教育心理學家的比例增加至一比四到一比六（即一位心理學家要服務四至六間學校），每人需要服務超過二千名學生，未知是否因培訓這些專業人士需時，有關措施遲遲才能落實。

整體而言，這份《施政報告》滿足了教育界的當前需求。

在香港推行可持續發展教育（上）

黃金蓮

聯合國分別於一九九八年可持續發展委員會會議及二零零二年約翰尼斯堡地球高峰會中，確認教育是達致「可持續發展」的核心方向，並為「聯合國可持續發展教育十年」（UN Decade of Education for Sustainable Development）訂立了教育願景——「讓所有人更了解自身面對的各種世界性問題如何影響下一代，如貧窮、過度消費、環境破壞、城市衰落、人口增長、衛生、衝突及人權等，讓他們知道這些問題的複雜性和關係」。作為教育工作者，我確信學校是推行「可持續發展」教育最理想的地方，因為我們今天所面對的學生，便是明天的棟樑，他們是未來世界的決策者，故此培育學生的「可持續發展」價值觀，有望改善社會環境，甚至改變未來。

香港的學校可把可持續發展教育理念融入學校辦學宗旨和目標，並制訂可持續發展教育學校的建設規劃。除了把可持續發展概念滲入正規課程外，更可提供不同層面的實踐機會，讓學生把環保及可持續發展的概念融入生活中，培育他們成為有綠色生活理念的地球村村民。期望學生能把環保及可持續發展的種子散播至家庭、社區，甚至地球的每一個角落。

香港學校的辦學宗旨和目標不離教育學生勤奮向學，待人有禮，尊重不同階級、種族、宗教及國家的人民。學校可把辦學思想和可持續發展互相配合，進一步教育學生承先啟後的重要性；除了珍惜祖先留給人民的珍貴資源及獨特文化外，更要把這些資源和文化保留下來，滿足下一代的未來發展需求。這理念其實恰好與聯合國環境與發展世界委員會在一九八七年倫特蘭報告中所提出的可持續發展綱領：「既能滿足我們現今的需要，又不損害子孫後代能滿足他們的需求的發展模式」，不謀而合。

要有效地推行環保及可持續發展教育，學校必先制訂綠色環保校園政策，為全校上下訂定可持續發展教育方向，致力確保以有效率和符合環保的方式進行內部管理。經常於有關架構內進行檢討及制訂新的環保綠色措施，以及推動員工參與各項環保及可持續發展教育工作。

優質教師是優質教育的基礎，學校的教師專業發展小組可於每年有計劃地為校教師舉辦教師發展日，安排有關推動可持續發展教育的工作坊及專業發展課程，不斷鼓勵教師進修，以配合「可持續學習教育」的需要，並培養教師的學養、專業知識、慎密思考及以終身學習為目標等良好素質。

學校教師可藉著同儕觀課、集體備課、教學資源共享等，使團隊精神更有效發揮，並能建立校園支援文化。同時，在推行環保和可持續發展教育上，教師可把自己的實踐經驗，透過不同的交流機會，與其他教育學者、校長及老師分享心得，使可持續發展的信念由近至遠，在香港甚至世界其他地方推廣開來。(待續)

在香港推行可持續發展教育（下）

黃金蓮

近年香港很多學校都重新整合課程或推行校本課程，除了為培養學生精敏思考及終身力學不倦的態度，以奠定穩如磐石的知識及技能基礎外，也確保課程能同步配合社會變遷和可持續發展教育所需。不少學校更鼓勵各學科按照「主體探究、綜合滲透、合作活動、知行並進」等原則實施教學，並在教學中注重培養學生基礎可持續學習能力，進行「四個尊重」——「尊重當代人與後代人、尊重差異與多樣性、尊重環境、尊重資源」的可持續發展價值觀教育。聯合國也建議學校把可持續發展概念貫穿於各學習領域和科目，期望透過全方位教育，教師能運用他們的專業知識，訓練學生從多角度考慮各種因素的互動關係，讓他們全面掌握可持續發展概念，培養正確的道德價值觀念。學校也可以開展節能減排、保護環境、宣揚以「低碳生活」及「可持續發展」為重點，舉辦不同活動，以培養學生正確的行為習慣與生活方式，達致可持續發展教育的制度和指標要求。

另一方面，學校可以培養學生自導自主自發地發揮及推廣環保及可持續發展教育。例如招募環保大使——各班的環保大使會在需要使用電腦和投影機時才開啟電源，並在每日放學後確保所有電腦、投影機、照明及空調的電源經已關掉，避免浪費電力。學生會的環保大使亦可輪流負責於校內定期檢查設施，若有滴漏或損壞情況可即時向校方報告，由學校安排有關人士進行維修，以減低浪費能源及資源。環保大使亦肩負在學校推動可持續發展教育的使命，不時向學生宣揚環保訊息，向校方提議有關環保及可持續發展方案，例如提議學校選用自動感應水龍頭，既有效節約用水，亦教育學生珍惜食水。

最後，學校須有明確的綠色採購制度，措施必須簡單具體，容易運作，並且不時作適當更新檢討。減省電力方面，所有新課室和學校設施可選用低耗電量或擁有「一級或二級能源標籤」的電器和電子產品，而新購置的顯示幕亦內置環保省電系統。在照明系統方面，所有課室可安裝高效能燈管及反光燈盤，有助減少用電。洗手間亦可安裝節能感應器，達到智能慳電的效果。為響應政府的藍天行動，校方可在各課室貼上節電標示牌，以政府建議的溫度（即攝氏25.5度）作為運作及調節空調的準則。

學校要不時提醒同學環保及可持續發展並非只是一個口號，而是須要大家齊心合力、知行合一才能成功實踐的。冀望香港的學校都能在各持份者的同心合力下，由正規課程至跨學科以至校本課程；從個人到小組以至全體；從學校到社區以至全世界，成功推行「可持續發展教育」，培養學生的可持續發展生活習慣及意識，促進社會未來的可持續發展，為他們及他們的下一代建立更美好的將來。

調整升中派位　應「以終為始」

徐區懿華

上周教育局於中學學位分配組會議上提出調整「升中派位安排」，以回應家長希望「預早知悉自行分配學位的申請結果」的訴求。筆者閱畢近日大部分傳媒的報道，除了一些早已知悉有關安排的議會及家長代表，其他校長及一般家長大多都對有關建議有保留。如果這個建議是絕佳的選擇，相信不會有這麼多分歧的擔心及回響。

用課程及辦學質素去吸引學生

香港優質的津貼學校不計其數。記得有一次參加培訓時，導師請在場的校長思考一下，有甚麼課程及教學工作，是直資學校可以做到，而津貼學校是做不到的。換來全場鴉雀無聲，大家都知道，一所學校要辦得成功，資源及學生是否及早得悉取錄結果並不是唯一的影響因素。局長說：「不希望學校在制度上方便吸引學生，而是本身利用課程優勢及自己的辦學質素去吸引學生。」這個想法我甚表贊同，因套用在津貼學校身上也是同一道理。津貼學校既是免費，已然是最大的優勢。學校如能善用課程優勢及辦學質素去吸引學生，家長為何不願意等待，而要付學費去入讀直資學校呢？

調整後優質津貼中學的競爭更大

直資學校和一般公營學校的最大分別，是部分直資學校需要交學費。一些有能力負擔直資學校學費的家長，可能會放棄公營學校學位，這的確是事實。不過這對於普羅大眾來說，基於用者自付的原則，也是一件好事。因為這樣可減少優質公營學校學位的競爭，把資源留給最有需要的一群。更多有能力負擔學費的家長一同去競爭優質的、免費的津貼學校學位，這會否又造成另一種的不公平、不公義呢？

政策修訂，還須「以終為始」

直資學校存在的其中一個原因，是在不影響政府投放的資源及用者自付的原則下，提供更多元的教育機會，讓市民選擇。隨著年月變更，教育局對直資學校的管理不單是資源運用上，亦在課程及教學上越收越緊，不少直資學校校長都慨歎，當初放棄優厚的官津學校公積金，原為了直資制度的彈性，可讓他們一展抱負。如今教育局管理直資學校，有如「直資學校津校化」。在局方不斷收緊的政策下，部分直資學校更感受到收生壓力。為了「回應家長及早知悉結果的訴求」，而「一石激起千重浪」又是否值得？還望社會人士仔細審慎作出考慮。

提早公佈中一自行分配學位雜談

陳偉佳

近日教育局研究提早公佈中一自行分配學位結果，引起教育界及家長熱議。當中有言論認為直資學校可以提早公佈收生結果，是對公營學校不公平云云。審諸於歷史，此做法並非直資學校的要求或制度傾斜造成，而是設計直資制度時，大部分直資學校，除個別前買位私校以「不選不派」原則派位外，均不能參加中央派位，必須自行收生，讓直資學校提早放榜取錄學生，是在這前提之下的平衡機制。

操作上，直資學校可以校本訂定日期自行公佈取錄學生。家長確認學位後，學校才將取錄名單送呈教育局。局方將不會對已獲直資錄取的學生分派公營學位，間接增加了可以分派的中央學位。這操作已實施多年，一直以來都運作正常。日前局方表示研究公營學校的自行收生結果公佈模式將與直資看齊，獲取錄的學生亦無需中央派位，使直資及公營學校的自行收生安排情況相似。有關轉變對所有直資學校的影響是好是壞，目前是言之尚早。已獲直資取錄但因津校提早放榜而放棄學位之說，雖然估計也必然發生，但是否衝擊很大，似乎還要在實際推行時驗證。正如楊局長所言，包括直資學校在內的各類型學校也會以辦學質素及多元化吸引家長作出選擇。但可以預計到的是，當有高達三成的公營學校學生經自行派位升中，相對只屬少數的直資學位來說，所造成的影響一定不會小。

許多論者提到，當小學只有零星學生獲直資學校取錄，與三成學生獲直資及公營學校取錄相比，公佈取錄後的學生學習心態肯定會受影響。在同一間學校，對於已獲得自行收生的同學，以及尚在等候中央派位的同學及家長而言，除了學習上的影響，還包括心理，例如感到被標籤。因為能夠獲得自行派位的同學，又真的提早報到的。相信將如坊間所言，大概都是傳統英文中學或地區名校，有些家長並聲言未來選升小學會以此類資訊的公佈作準。

再者，自行收生和中央派位形成兩個十分清晰的標籤，有可能中央派位被感覺為次等選擇。對於中央派位制度的形象或觀感，不見正面。同時音樂椅式轉校註冊的情況也必然較前激烈。因此，修改自行收生公佈結果模式，無論在制度、運作及細節，均要小心處理。

直資制度的目的是讓家長在多元社會中有更多選擇，而制度的發展一直都與時並進。在教育局及業界的共同推動下，在營運管理方面已步入機構管治模式；而質素保證方面，與公營學校並無兩樣，同時更要進行定期的審計查核。無論教育局或業界均希望直資制度不單只作為教育品牌，同時擔任教育先驅，將某一些教育理念透過直資學校作嘗試和探討，然後在公營學校中也可適用。此外再加上良好的管治，直資學校營運的質素及家長的支持與日俱進，使直資學校更符合社會發展需要及持份者的期望。

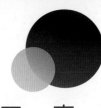

專業領導與行政主導

鄭建德

最近教育局行政部門提出官津校中一自行分配學位提早放榜，我作為直資學校的一員，好像提出甚麼反對理由都予人捍衛自身利益的負面印象。然而，作為教育專業的一員，我又不吐不快，以免社會人士誤解這是不同資助模式學校之間爭逐利益，也不願見教育局行政部門借機以行政主導凌駕教育專業領導。

有關官津校中一自行分配學位提早放榜的議題，對中學學位分配委員會來說並非新鮮事（直資學校議會並非委員會成員），在過去十多年間多次討論及研究，最終仍以學生利益為大前提而擱置。我敢問，教育局行政部門是否對委員會在這議題上討論多時而感到不耐煩，要在委員會未有共識下強行以行政手段推出方案？所推出的方案是否只偏聽一方面而忽視另一方面的意見？如果這事能行得通，會否意味將來在有爭議的議題中，教育當局會以行政措施凌駕教育專業？

話說回來，在過往的討論中為何難以達成共識？是因不願見提早放榜做成在學生身上的標籤效應。小學生有時難掩興奮之情，言語間奚落別人，做成「我有學校取錄，你未有學校取錄」的分化；將來到中學，也會做成「我是考進來，你是『碌』（攬珠）進來」的標籤效應。有說現在直資學校取錄學生的情況也是一樣，但畢竟被直資學校取錄的學生也是少數，將來有三成學生已獲取錄，七成學生仍須掙扎，情況不可同日而語。

又有說家長在這事上是支持政府的方案的。我不希望我的意見帶來學校與家長之間的張力。然而，家長有感資訊越開放，對他們越有利，也覺得他們是「有權」知道子女的派位情況而作出選擇。不過，學校必須小心地做專業判斷，從大局而非個人出發。若這新措施只帶來少部分孩子開心，大部分孩子要承受更大壓力，這措施是否值得推行？今天很多學校已刪除把學生逐科逐項成績排名，為的就是不願助長這種標籤效應，亦相信這樣做無助學生健康快樂成長。我預示提早放榜的政策推行後，標籤效應浮現，家長就會要求教育當局撥亂反正，到時大家就會進退維谷了。

我希望呼籲中學學位分配委員會內各議會單位能諮詢會員學校意見，讓這議題回歸專業判斷而非行政主導。我亦呼籲教育當局細心聆聽教育界的意見，不要冒進推行未經廣泛討論卻影響深遠的政策措施，並且不應作出強行以行政主導教育專業的事情。

校本管理失效？

林建華

由二零零五年一月一日開始，「校本管理」正式實施，教育局要求所有資助學校於二零一一年七月一日前正式成立獨立法團校董會。法團校董會成員包括辦學團體校董（人數可達全部校董人數60%）、校長及教員校董、家長校董、校友校董、獨立校董。法團校董會負責學校管理、確保學校實踐辦學抱負及使命、監督學校財政及人力資源運用、制訂學校各種規劃，並促進學校的未來發展與及自我完善。政府亦賦予法團校董會執行以上政策的權力，學校如出現訴訟可向法團校董會提出。教育局並於二零一二年九月為已提供法團校董會章程的學校發放一次過現金津貼三十五萬元，讓學校僱用專業服務或額外人手以制訂「校本管理」章程，落實人事及財務管理指引及系統並推行校董培訓等工作。

教育局亦於二零零九年五月發表《法團校董會的推行及運作檢討》報告，報告指出法團校董會的持份者大部分都認為法團校董會有助提高學校管理的透明度，加強問責意識，更可靈活管理學校資源，為學校管理帶來正面效果。成立法團校董會以推行「校本管理」是教育局把學校的人事資源及教學等重要決策權下放給學校，但學校亦須遵守教育條例及接受規管，例如帳目亦須校外人士審核，教育局轉為諮詢支援及督導的角色。不過，成立法團校會的額外工作都會落在校長身上，而擔任校董工作者亦不能多於五所學校。

教育界部分人士在東華三院李東海小學教師輕生的不幸事件發生後，把責任諉咎於「校本管理」的推行及處理投訴機制不善所引起。其實「校本管理」實施十多年，法團校董會有十二至二十名不同持份者組成，已較早期的校董會的組成較為完善。現時無論在「校本管理」架構、權責劃分、持份者參與以及透明度方面都大有進步。另一方面，教育局亦要求津貼及直資學校設立處理投訴機制及制訂指引，並審視學校是否按既定的指引程序適當處理投訴，有需要時教育局亦會直接介入。

因應行政長官的要求，「教育統籌委員會」亦成立了「校本管理政策專責小組」負責檢視「校本管理」的落實情況。專責小組未來最終會就改善學校管理質素、加強校政效能及釋放教師及校長空間等事項向政府提交檢討報告。另一方面，「教師專業操守議會」成立多年，亦會就教師操守的個案進行調查。

整體而言，香港校本管理的機制已日趨完善，亦有各種的溝通及制衡措施。筆者認為要完善「校本管理」措施，要加強法團校董與教師之間的溝通渠道與機制，學校亦要建立積極、信任、尊重、關愛、樂觀的校園正向文化。擔任校長者更應懂得領導藝術，並以人性化管理學校。近年推行的「STEM 教育」對部分教師造成不少壓力，如何讓教師與時並進，掌握最新教學技巧而又能減輕工作壓力，亦是教育當局及學校需要思考的問題。

直資學校創造教育新常態

鄭建德

特區政府希望投資教育，投資未來，推出一連串政策，投放額外資源，以優化學校教育。細看資源投放的目標，無論在人事（教師職位全面學位化、一校一行政主任、一校兩社工）、學校硬件和軟件配置（優質教育基金專項撥款計劃），以至學校活動上（全方位學習津貼、中學IT創新實驗室），對直資學校來說都不是甚麼新事物。直資學校在資源彈性運用的原則下，早已按校情把資源投放在這些目標上。換言之，直資學校是在創造教育服務的新常態。

在人事編制上，直資學校深明老師的時間心力應投放在優化課堂教學和學生生命培育上，故此多聘請教學助理分擔一些與教學有關的文書工作，而行政主任亦可分擔有關採購物資和聘任導師等行政工作。我目下老師工作雖未見輕省，卻見他們能較為專注於學生成長的工作上。今天，孩子們面對種種成長上的挑戰，有自身性格的因素，也有人際關係上的張力，學業成績及家庭關係等都是孩子的壓力源。我校早已在一校一社工外另聘兩位輔導員，從預防性和介入性兩方面幫助孩子成長。這是教育服務的新常態。

在學校硬件和軟件配置上，一般津貼學校從教育局所獲得的資源都是千篇一律，對他們來說這是「教育公平性」的展現，其實說穿了只是「教育均一性」已矣。除非辦學團體在資源上大力支持，否則學校難以按校情需要發展自己的特色。對直資學校來說，按學生的特質來發展他們才是真正體現教育公平性的做法；故此，直資學校靈活地運用所得資源，開辦特色課程，購置所需軟、硬件，並購買所需服務，幫助學生發揮所長。這是教育服務新常態。

二十一世紀的香港學生，在全球化下要能脫穎而出，目光視野必須要廣闊；除了北望神州，還要放眼世界。政府所投放於舉辦學校活動的資源，正是要協助學生走出班房，突破學習的界限。在這方面，直資學校擁有豐富的經驗，願與學界分享。我所認識的直資學校，每年都安排遊學活動，性質包括學科學習、文化體驗、服務學習及扶貧義教，旨在裝備孩子的軟實力，迎向未來。這是教育服務新常態。

回顧直資學校發展的歷史，當年教統會希望直資學校成為強大的私立學校體系，在政府無須額外投入資源下，直資學校靈活運用家長所繳學費，發展學校教育新趨勢。今天，直資學校已締造教育服務新常態；若教育當局以此為滿足，收窄直資學校發展空間，他日就再難找到新的點子，引領教育進步了。

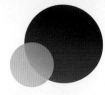

直資計劃的前世今生

陳偉佳

直資計劃由推行至今將近三十年，回首歷史，首批直資學校在上世紀九十年代初已出現，當中更包括一些國際學校。回歸後，也有擁有獨立校舍、師資合乎標準、質素較佳的買位私校，以及後來容許部分補助、津貼學校和按額資助學校申請轉制為直資，以及用新校舍開辦的直資學校等陸續加入；而國際學校很早已退出了直資計劃。從發展歷史可見直資學校辦學的多元化，成為香港教育的縮影。

直資學校的每位學生平均成本與資助學校的相同，換句話說，直資學校的營運理論上不會增加公帑開支負擔。雖然直資學校獲得制度上的彈性，但同時受教育局在質素保證上的監察，並且大部分排除於中央派位制度之外，故此其收生保障不是來自制度，而是來自教學質素是否受家長肯定，以學生成本作為計算的資助額方有所保障。

直資制度原意為打破框架，使學校個性化、校本化，因應不同辦學理念、歷史、規模及財政狀況作管治及營運。二零一一年成立的直接資助計劃工作小組提出有關直資計劃的三個原則：（一）直資學校的靈活性及多元化應予以保存；（二）教育局應避免以微觀管理方式監管直資學校；（三）教育局應確保直資學校管理妥善及承擔問責。正因如此，教育局近年來提出許多改善直資計劃的措施，目的是使直資的管理模式與社會要求同步。

香港政策研究所二零一六年發表的《直資計劃現況研究報告》（《現況報告》）指出，直資學校面對不少挑戰，當中包括財政風險。直資學校的單位成本額是按照每名學生發放，與津校模式不一樣，直資屬自負盈虧；再加上種種學校營運及局方加強監管的需要，直資學校的行政成本增加，故此要在學費方面作出平衡，以降低財政風險。《現況報告》又指出，直資學校有善用制度靈活性，發展學校特色，包括課程編排、資源投放，從而啟發學生潛能，照顧學習需要。凡此種種，我們可見直資計劃的受益者都是學生，使獲得較優質學習及提升自我的機會。

《現況報告》也提出三項條件去衡量直資計劃是否對社會產生不公平。（一）直資學校是否能為每一入讀學生提供足夠而且有一定質素的教育；（二）香港學生不會因為種族和家庭背景的因素而影響入讀直資學校的機會；（三）弱勢學生能接受適切的資助，讓他們可以選擇入讀直資學校，並在直資學校得到充足的教育機會。報告指出，這三項的答案全是正面，舉一個例子，在二零一五至二零一六學年，直資中、小學佔全港學校的 4% 及 14%，卻錄取了全港 14% 至 53% 的非華語學生，明顯地直資學校在這方面的貢獻是相當巨大。

直資學校受歡迎的原因，就是直資能夠滿足家長的訴求與社會期望，最重要的是學生得益。直資學校的經營只要不懈地為學生追求更卓越的教育，提供平等的學習機會，同時為多元社會締造一個更優化的教育系統，長遠而言可為香港培訓人才，使香港與其他城市的競爭當中脫穎而出。

直資初心

陳偉佳

直接資助（直資）計劃於一九九一年出台，其時當局根據教育統籌委員會第三號報告書的建議及經行政局通過而設立。在發展過程中，教育局不斷就直資計劃的制度進行優化。回想當年，政府推出直資計劃的初心，就是要本港的學校體制更趨多元化，讓家長有更多選擇。但近年，社會上對直資制度有不同的聲音，有的因小部分直資學校學費的定位而認定直資學校變得貴族化，又或質疑教育局對直資學校的政策和資源傾斜，有甚者更對直資學校的辦學成效產生疑惑等等。

直資學校每位學生獲得政府發放的資助額並不優於津貼學校（前者按收生人數，後者按班級數目）。直資學校的每班人數差異對財政收入以維繫學校營運影響很大，而家長補貼的學費乃用以提供校本的支援服務和強化學校設施。直資計劃運行至今快近三十年，大部分的直資學校在賦予的彈性下不斷求進，在教學模式、課程設計、課外活動等，為適齡學童提供配合學生及社會發展的優質教育。因此直資學校可以說激發了教育生態的發展，為其他類型的學校提供了不少嶄新的教學意念，例如語文微調安排，現時亦為資助學校所用。一些直資學校在課程設計上更切合同學成長及升學的需要，例如提供學費較國際學校低廉的國際課程，有社會人士也提議未來也可以在部分資助學校實施。

現時全港有七十二間直資學校，當中有傳統名校，也有甚至要辦學團體補貼的弱勢學校。有社會人士不禁問，既然與公營學校都是辦學，直資制度是否有其存在價值。大家可以思考假如所有直資學校變成公營，那是否家長與教育當局所願？假如這樣，香港的教育生態會變成怎樣？有否長足而又多元的發展？香港家長是否可以自願在學券之上付出一些代價換取比公營教育有更多的要求？香港直接資助學校議會每年都會舉辦直資學校聯展，讓參展學校的校長、老師及學生家長與參觀人士親身接觸。每次前來取經的家長數以千計，希望更好地了解不同直資學校的辦學理念與特色，可見家長選擇學校的心意，是以選擇適合小朋友的學校為考慮之先。家長希望孩子修讀切合需要的課程，尋找一間適切照顧他們孩子的學校，至於收取多少學費並不是最大考慮。

現時教育局容許直資學校在課程設計、教學模式、課外活動設計等方面有適度的彈性，再加上個別學校辦學理念令家長認同，在在都是切合培養學生實際需要的元素。現時大多數的直資學校都做到，亦得到家長的支持及選擇，所以教育局的初心是成功的。

將直資與津貼等公營學校作比較，是毫無意義的；無論是從政府的撥款、學校本身的財務管理、教師僱用條件等都與津貼學校有差異。事實上，不同類型學校在運作與管理上不能相提並論，也沒有所謂政策及資源的絕對傾斜。直資學校營運者也不應羨慕資助學校的超穩定形態，而是要回歸初心；回到計劃推行的最初目的，精益求精，令到教育生態更趨多元化，日益優化教與學環境，培育學生，令他們更好的裝備自己，有能力應對並配合社會發展的需要。

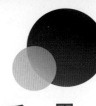

e世代學習

黃廣威

香港特區政府早在十年前開始，在中小學教育中推動電子學習，透過應用資訊科技，希望提升學與教的效能，加強課堂互動，提升學生的自主學習、解難及協作等能力，並大力推廣電子書以取代傳統印刷書本。十年過去，不少學者、家長以至使用電子書的同學，對電子書的評價均為好壞參半。好處是同學們可以透過網絡接觸大量不同種類的書本，亦可以按其興趣建立自己的圖書庫，且電子書有多元化互動功能來吸引同學們的閱讀興趣。有研究證明，同學們閱讀電子書的時間比傳統印刷書會得多一些，因而也學會較多的詞彙和知識。但在另一方面，如同學們只是單純閱讀及聆聽電子書的內容，會缺少在學習過程中與父母或老師之間的互動。與別人互動、接觸及討論是學生成長學習中非常重要的一個元素，其社交能力與協作能力才能健康地發展。所以電子書雖然有其優勝之處，但是同學們的成長發展、父母的陪伴以及與朋輩之間的互動也是非常重要的關鍵。因此作為一種學習工具，應該要適度地使用電子書，過分倚賴它會令同學們失去一些重要成長要素。

另外，隨著學校大量推動電子學習，使用平板電腦的時間長短，日漸成為家長們關注的議題。有研究發現，每天花多過二至三小時使用平板電腦等電子產品的小朋友，在語言發展、運動、溝通、認知等方面的能力明顯較弱。該研究指出，若小朋友每天使用平板電腦的時間每增加三十分鐘，語言溝通能力發展遲緩的風險便會增加超過兩倍，而且在運動方面的表現亦會較差。雖然這研究結果不能證明相互之間的因果關係，但這項研究已經明顯指示出電子產品對兒童的潛在風險。在政府及教育界大力推廣使用電子學習的情況下，兒童使用智能電話和平板電腦情況已經變得非常普遍。因此實在有需要透徹地研究及了解使用這些設備對同學的影響，並為學校、家長及同學們提供適切的使用指引，同時也應鼓勵家長及同學共同訂定在家中使用電子產品的時間規劃，以免同學每日使用過長的時間於電子學習。這有助避免過度使用引起的潛在後果，亦希望藉此可以增加家庭成員間的互動時間。

中國歷史的教與學

陳偉佳

大多數香港學生認為學習中國歷史科與其他科目不同，原因是歷史已是過去的事情，與生活於現在的自身無關。而大多數人對學習歷史的印象，就是要靠死記、靠背誦，過程異常痛苦，與愉快學習沾不上邊。這種教學形式談不上是老師講解歷史，倒不如形容是按教科書的內容照本宣科，令教學成效十分不理想。

長期以來，我們在課堂看到的，就是學生狠狠記下老師講述的歷史事實。教授歷史就是講述過去的事實，如果老師出錯，就必定是錯誤地講述了歷史事實。因此，只要一字一句式地講述教科書內容，就能功德圓滿。但事實是，此教學方法既沉悶也無樂趣可言，同學無甚得著。

今天，歷史科的學習本質、歷史的思考、歷史的研究等學習方向已向上移，成為大學歷史科的專美。作為中學教育工作者，我們會問：中學生為甚麼要學習歷史？最簡單的答案是：培養學生理性地瞭解過去的能力。掌握到瞭解過去的能力，就能與當下的生活結合，在面對今天的實際事務時，就可以運用到從歷史所學得的分析與處理能力。因此，讓學生明白歷史事實，同時也是思考能力的訓練。歷史教學除了需要講述傳統歷史架構外，當中的細節也很重要，而從歷史事件中的反思更是極具價值的思辨訓練。因此，教授歷史除了課堂講解外，為同學準備多角度為切入點的閱讀資料更是必不可少。所以，老師認真的備課就顯得十分重要。這些閱讀資料不單是引起學生好奇心的引子，也是豐富學習內容的歷史故事、檔案或考古知識等等素材。

教科書、老師的講述、輔以不同主軸出發的補充閱讀教材，就構成歷史科課堂的圖像。歷史科的教與學既非老師單向的輸出，也絕非同學單純的接收，當中要包含思考與分析過程，豐富學習場景，賦予學習歷史的意義。教學主題、老師、教材及互動教學場景互相配合。當然，如果能間中可以在歷史事件發生的地方，帶領學生作出實地考察及感受那種氣氛及張力，例如在始皇陵講述秦代歷史，在蘆溝橋邊講解對日抗戰，就更能創造出精彩的歷史教學，學生必能投入，和歷史事件及人物同悲喜。這種興味盎然的學習，不但可以發揮歷史文化的根本價值，也可以培養能運用於現今生活上理性思考的能力，達致「衡古配今」之效。

歷史從未停止，它是過去、現在和未來，是記載和解釋作為一系列人類進程歷史事件的一門學科。如果現在不好好掌握歷史的學與教，試問又怎能準確地記載這一代的歷史呢？怎樣承傳文化及精神呢？

第二章　睿智：社會觸覺

沒有逆境的「天空」

徐區懿華

自農曆新年以來，輕生事件的數字不斷上升。輕生者當中有不少是學生，故此社會上有聲音指出香港教育出現問題，令學生壓力太大。

近年香港教育已出現了重大的轉變，大部分學生的學習生活已不再像以前般只有「上課、測、考、默」，而是增添了大量豐富有趣的學習活動。幼稚園免費教育，加上十二年免費教育，已保證了學生接受教育的機會。學習壓力雖然一定存在，但不見得今天學生所面對的壓力比以往大得多。

社會上保護兒童的措施亦不少。法例規定不可獨留十六歲以下兒童在家；遊樂場設施亦必須高度照顧兒童的安全。現今在遊樂場中，甚少見到有鞦韆，有的都是供幼童使用並有下身全包圍的多，滑梯都是矮矮的。遊樂場亦必有「兒童使用遊樂設施必須由成人看管」的提示。提示語句正反影了社會的價值觀：成人對孩子的照顧責任是須「寸步不離」。

曾參加過一項教育人員法律知識培訓課程，獲知教師在學校的責任不少於一位家長對孩子照顧的責任。在教育專業中，為顧全學生的自信、自尊的發展，都會循循善誘、多鼓勵、少責罵。當然，如學生有違規行為，受責備是少不免。然而，亦有家長認為孩子違規亦不應受責備，到學校去與教師校長理論，此亦令部分孩子認為自己犯錯無須被問責。與同學爭執，家長代「出頭」的情況亦時有所聞。

動物界中，獅子為讓幼獅在激烈的競爭中具備生存能力，剛出生不久的幼獅經常被公獅推下山崖，並須自己想辦法爬上來。只要幼獅沒有生命危險，父母決不伸出援手。人類社會競爭之激烈亦是有增無減，但看看我們今天培育孩子的方式，他們要在哪裏才可以經歷逆境？

也許正因如此，另類的教育方式如軍訓和歷奇訓練營等活動越來越受歡迎。營內「刻意營造」困難，學生須面對不同的挑戰，盼望學生在控制範圍內的逆境中學會堅強；當中帶出的深層意義及經歷，學生在營外鮮有機會接觸到。然而撰寫此文時，從報上讀到由於懷疑訓練過程涉及虐兒而有人「求警協助」。當然違法的行為不應被容忍，但如只是嚴格教導，香港社會又能否接受？看到這個情景，還有誰願意為我們下一代茁壯成長出一分力呢？除了減壓，我們是不是更該想想如何提供抗逆的學習經驗，以培養下一代的解難能力和自強不息的個性？

升小選校

黃桂玲

踏入每年的三、四月，筆者都不時接到傳媒有關學生收生的查詢，從中可以感受到家長們為子女選校的費心。為了讓子女入讀心儀的學校，父母有因此加入與學校有關的宗教團體、遷居等，當然更少不得讓孩子參加各式各樣的興趣班，務使孩子「多才多藝」，以增加孩子獲錄取的機會。作為父母，想為孩子提供最好的教育是理所當然的；然而怎樣的教育才是孩子的需要？怎樣的學校才適合孩子？這些應該是為孩子選校的重點。

小學基礎教育是兒童成長的重要階段。孩子從幼兒逐漸成長為少年，他們要吸收知識、培養多元的學習興趣和閱讀的能力；也需要有機會發揮多元智能和建立正確的道德價值觀。此階段，孩子一方面依然十分依賴父母，也樂意接受老師的教導，因此家庭和學校能攜手合作就容易產生事半功倍的效果。香港的小學，每間都各具特色，特別是直資學校。每對父母對於子女教育要求都不同，就是夫妻二人都有不同的看法。因此，在決定為孩子報讀哪一類型學校前，父母宜先思考自己對子女有甚麼期望，例如以學業成績為首要，主張精英制；還是期望均衡發展，主張愉快學習，抑或較注重品德群性發展。在為孩子申請學校時，家長應先仔細考慮及認識不同學校的理念、課程和教學法，再看看孩子的性情，應避免只一窩蜂或漁翁撒網式的報名，造成孩子及家長都疲於奔命的參加面試，到頭來可能浪費了大家的時間；又或即使某校取錄了孩子，但其實家長並不認同該校的理念，勉強入讀可能會增加了日後家校合作的挑戰。

近年適齡入讀小學的兒童人數增加，一些自行收生的直資或私校動輒都收到幾千份申請；而家長更有四出打聽學校的收生準則，期望為子女作最好準備。對於四至五歲的孩子而言，學習知識剛在起步階段，目前學會多少個生字、心算有多快或有多少張比賽證書，難道就保證了他往後成長必定是出類拔萃嗎？

直資人語

兒童在建構知識的過程中，最重要是引發學習的興趣，而發展群性、培養品德禮貌和建立常規都不容忽視。在孩子成長過程中，家庭給予孩子的安全感、鼓勵、常規訓練、群體生活等，往往有助孩子在面試中表現專注、自信、主動、樂意分享、敢於嘗試和守規。這些良好的特質，相信比單單掌握多少個字詞更有助長遠發展。目前有不少自行收生的學校都安排多次的面見來甄選合適的學生，學校無需以個人檔案來收生，反而孩子如在面見中能顯示個人自信及良好的家庭教育，將更能成為學校期望錄取的學生。

Grit 教育——成功人生的鑰匙

徐區懿華

最近一位朋友在「臉書」上分享了一場有關 Grit 教育的 Ted Talk 演講。本著不停學習的心，立即搜索一下何謂「Grit」。此字字面解釋為「沙礫」、「咬緊牙根」的意思。有一套電影叫「True Grit」（真實的勇氣），故事講述的就是三個鍥而不捨的人對目標的追求，過程中相互交錯及跨越困難。至此，初步明白 Grit 一字的意思，應該與中國文化中「破斧沉舟」意思相若。而在搜尋資料過程中，則看到有這麼一句：「奧斯卡十項提名重現令人激賞的美國精神《真實的勇氣》」，原來這也體現了美國精神。可見在人類社會中，要培養能「咬緊牙關、破斧沉舟」的個人質素，是放諸四海皆準的普世價值。

Ted Talk 的演講者 Angela Lee Duckworth 是一位心理學家，也是《恆毅力：人生成功的究極能力》（原著名為《Grit: The Power of Passion and Perseverance》）的作者。演講中她提出，她的團隊進行了長時間的研究，在不同場所中觀察及預測「哪些小朋友／成人／員工會在非常具挑戰性的學習／工作環境（包括軍校、學生拼字大賽、弱勢學校、私營機構）中，能有持久及出色的表現，以及他們有甚麼共同特質。」同時，他們亦在條件惡劣的學校中，尋找最有能耐幫助學生學得更有效的老師。

在眾多不同的場景中，她的團隊發現有一項共同特點能預測長遠的「成功」。那不是社交智慧，也不是漂亮的外表或健康狀況，更不是智商，而是 GRIT！Grit 就是對一個「長期及遠大的目標」具「熱誠」及「堅毅的追求」。（原文是：Grit is passion and perseverance for very long-term goals）。Grit 是耐力的表現，朝著未來，日以繼夜及年復年的不斷努力，去實現未來。那是一場馬拉松，而不是一場短跑。

Angela 在芝加哥大學的研究亦顯示，較具恆毅力（Grittier）的學生，不論其家庭社經地位、公開試成績為何，他們的畢業率及成就均較佳。

Angela 在演講中說：研究中指出，有才華並不能使人更有恆毅力。很多有才華的人，並沒有能堅持到底。研究甚至顯示，越有能力的人，他們越傾向輕易放棄。研究亦指出，越相信「我能學，我能改變」（具 Growth mindset）的人，越樂意付出努力，以及於失敗時繼續嘗試，因為他們不相信失敗是不能改變的情況。

毫不意外，在「面書」上分享這個 Ted Talk 演講的朋友，很快便收到一些表示強烈不同意上述觀點的留言。內容謂「為甚麼要咬緊牙關、破斧沉舟學一些沒意義的東西云云」。Grit 的個人質素是一回事，基於客觀環境決定要學甚麼、做甚麼又是另一回事。其實，Grit 教育本身就深植於中國文化當中。這也解釋了張大導在《灼見名家》文章中提及的「中英教育文化差異」：為何中國老師跑到英國教學，學生都覺得難以適應；而中國學生跑到世界任何一個角落，都能克服重重困難。令人擔心的是，現時香港普遍與教育有關的輿論均走向一個極端，仿如凡要求孩子努力堅持，就是荼毒孩子的童年。

其實不論東西方，Grit 教育都重要。但如何進行 Grit 教育則是成敗關鍵，操練式學習、自由放任式學習，都不是出路。最重要的是家長和老師要先有「能學、能改變」的 Growth Mindset，才能使我們的下一代獲得成功的鑰匙。

「正面教育」夠正面嗎？（上）

譚張潔凝

香港課程發展議會於二零零一年在報告書提出學生學習的四個關鍵項目，第一個項目是「德育及公民教育」，開宗明義地提出課程是為了「幫助學生建立正面價值觀和培養積極的態度」。課程架構在二零零八年作了修訂，期望學生能有「堅毅」、「關愛」、「誠信」等素質去「持守正面的價值觀」。二零一四年，基礎教育課程提出須聚焦、深化、持續，須從知、情、行三個層面去推行德育及公民教育，中心目標仍然是培育學生的「正面價值觀和態度」。

本文無意在課程架構作任何學術上的討論，只想就正面價值觀的教育或簡稱為「正面教育」在推行時可能出現的問題作點思考。

要培養正面態度，首先要對周遭環境、人與事有正確的認識。出現在我們面前的這些事物都是正面的嗎？「人有悲歡離合，月有陰晴圓缺」，任何事物總有兩面，哪會只有正面之理。即使要表述事物發展的總體趨勢是正面，但過份強調甚至光談正面，青年人可以對事物有全面的認識嗎？小孩只在讚美欣賞聲中成長，自信心無疑會較強；但長期困在掌聲中、鏡頭前，會否變成井底之蛙？會否變得自以為是、盲目樂觀？遇到強者時始驚覺自己能力不濟，繼而洩氣，無法振作，或藉故逃避，詐作不見；或假裝不屑，嬉笑一臉不在乎。看不開的，自怨自艾，自我形象低落，甚至產生厭世情緒，正確的自信心無法建立，更違論能有「自知之明」。知己知彼，才能準確地為自己定位，才能處事待人都不卑不亢，自在安樂。處順境，不會尾巴翹天，忘乎所以；遇橫逆，仍能順勢堅持，自信不懈，做到范仲淹在《岳陽樓記》提出的：「不以物喜，不以己悲」。要培養這些素質、態度以至情操都要求對己、對人、對環境能有充份的認識，包括正面的、反面的、有利的和不利的條件，有時甚至要果斷地決定是否要放棄某些不切實際的目標。

如果這種學習經歷才是必須的，我們似乎要為推行德育及公民教育的策略重新命名，改稱「正反面教育」、「全面教育」，甚或是「無面教育」。（待續）

「正面教育」夠正面嗎？（下）

譚張潔凝

一些新聞報道反映現今青少年思維負面、邏輯簡單，稍有不順意便做出一些令人匪夷所思的言行，輕者如隨便「爆粗」、「有無搞錯」常掛嘴邊，滿胸忿怨，怨天尤人，嚴重的更會把寶貴的生命也輕易放棄。人們不禁會問，近年學校這麼重視推行正面教育，為甚麼年輕人的思維與行為為何和我們的期望會有這麼大的落差？

正面教育繼正面心理學在本世紀初日益流行，學校相信通過教授樂觀心態、應變策略和解難等技巧，可以幫助學生建立良好品格、加強人際關係、培養正面情緒、增強抗逆能力、應對生活的挑戰，從而令生命活得更有意義。這些目標，與我國傳統要求老師要擔當的角色：「傳道、授業、解惑」是一致的。

正面教育關鍵是培養學生正面思維，學校在推行時慣用一些激勵的暗示，例如「我最棒」、「我一定可以成功」、「Yes, I can」等等，希望能通過這樣的氛圍去改變學生的思想模式。但是，也有人指出，如果無法達到思維上的轉化（Transformation），這些表面化的激勵所引起的亢奮是短暫的。

忽略困難與不利，其實是培養正面思維的一大障礙，因為它窒礙了我們對真象的正確認識。有人認為，太強的正面思維容易令人變得不切實際、忽視危機、喪失調整策略的機會，甚至看不到自己根本缺乏達成目標的本領與能力。筆者建議培養正面樂觀的態度時，在思想上不妨加上類似國畫的「留白」，將正面暗示和負面暗示結合起來，例如宣傳「我定能做到」時，加上「哪怕阻障迎面」；宣傳「我要做到一百分」時，加上「八十也不錯，只要我曾努力過」；相信目標可以達到，但要明白不會一蹴即就；要求自己盡力，但要明白最大努力並不就等於成功；困難要克服，但又未必可以全數解決；應該做個樂觀的人，也容許自己會有軟弱沮喪的時候；更要明白正向思維雖然有利於問題的解決，但正向思維未必適用於所有情況。

要培養正向思維，須要有科學「德先生」的態度；要推行正面教育，要先培養尊重事實，敢於求真的科學勇氣。至於二零零八年德育及公民教育課程架構提出要幫助學生培養堅毅、關愛、誠信等優秀素質則是另一個須要思考的題目了。

後記：「二零一七正面教育講座系列」研討會將在十一月二十日起一連三天在香港中文大學舉行，大家不妨參加。

領袖素質——誠信

鄭建德

今天在校園裏學習的莘莘學子，也就是社會未來的領袖。校園裏有各種各樣的學會組織，讓學生發揮領導才能。然而我們所注重栽培的，是學生們的領導技巧、辦事能力，抑或領袖素質？古今中外，很多國家元首或社會領袖曾叱咤一時，卻因隱瞞事情，或是行賄斂財而導致誠信破產，黯然下台，甚至鋃鐺入獄。執筆時前特首曾蔭權仍有官司等候上訴，故不作評論；但前政務司司長許仕仁與前新鴻基地產聯席主席郭炳江行賄受賄案已審結，法庭的判決已帶給社會清楚的訊息，就是不管領袖的能力多強，功績如何，一但誠信破產，就要背負後果。

要在領袖培訓中加入「誠信」素質，應先從內在生命價值的培育開始。培育內在生命價值，聽起來比較抽象，但在學校生活中可見的例子仍然隨處可拾。例如公平競賽（相對於比賽作弊），在很多學校比賽中展現公平競賽的規則和違反公平競賽的罰則，都可展示對誠信的重視。相反，在學校的價值教育中，我們容易表揚成就而忽略誠信，這樣會令學生產生錯覺，以為成就高於一切，不惜鋌而走險以獲得成就，做成價值偏差。這些都值得我們反思。

除了內在生命價值的培育外，還可透過建立外在具透明度的管理架構去達致「誠信」培育。強調「制約與平衡」並非負面地理解為對領袖的不信任，而是正面讓領袖光明磊落地將生命展現出來。在學校內細小的學會組織，也可透過會員大會讓領袖面對會員，接受查詢，甚至質詢。學校內大型組織如學生會，除了以會務報告、會員大會等方式向會員交代，還可考慮成立代表會監察幹事會工作，在制度上達到「制約與平衡」。

學校相對於社會是一個比較簡單的群體，領袖只有為人服務而無實質回報，而且從利益角度而言誘惑較少。然而，這並不等於「誠信」的教育在校園裡不重要；相反，學校是一個極佳的場所培育「誠信」，好讓孩子他日成為社會領袖時能抵禦巨大誘惑。光明磊落的生命特質，以及透明、公開的「制約與平衡」制度，對建立領袖的誠信都是必不可少的。

略談中史教育

關穎斌

每一位公民都需要有國民身份認同，國史教育是培養國民身份認同的其中一環。香港大部分學校在初中已設有中史科目，當局建議必修只是強化現狀而已。其實優化中國歷史科課程和當局的持續教學支援才是重要。

課程編排是學習的框架，也是學習趣味的先決條件，初中中史課程修訂為詳近略遠的方向是可取的。因為初中要熟讀每一個朝代，對學生的負擔會是很沉重。現時中國當代史部分也因課時不足，導致大部分老師未能詳細教授內容。

因此在課程優化方面，有關一九四九年至現代也要細緻學習，包括政治事件，經濟建設與改革開放的成就等。至於文化史方面，應該重點教授春秋戰國時代的學術思想，例如儒家思想、孔子的人格修養與政治教育理想、道家及法家的簡單概念；漢的制度與學術，例如中央官制與地方政府，以及財經、法律與教育制度等；唐代的宗教與學術，包括詩詞與繪畫；以及明代的輝煌文化與成就等。

除了在課堂教學外，還要迎合中學生的特點。當局應發展獨立全面和公開的中史「網絡媒體」平台，支援中史教學和學生自學，內容包括一些歷史事件或文化精粹，讓同學瞭解不同事件的前因後果，從而較為客觀地去對待國情、民族歷史與文化。

老師培訓方面，可以多舉辦有關中國歷史的考察與深造課程。內容可以結合內地生活，使老師或同學有機會與內地教授接觸，瞭解現況，大家交流歷史的觀點和思想。但有些技術性的問題需要解決，教育局應訂立批准有關老師參加相關機構的政策和給學校有關代課教師的津貼，這樣才能增加老師參與的誘因。

最後在政府層面應加強各部門的協調，聯繫有志推動中國歷史教育的各界社會精英，多舉辦一些面向市民及青少年的古代中國與現代中國的活動與展覽。例如舉辦漢朝、盛唐、明朝等文物文化展覽，從而認識中國歷史上昌盛與文化的重要成就；以及舉辦鴉片戰爭至一九四九年時期的歷史，新中國的歷史、改革開放的中國，以至「一帶一路」等課題的講座、活動與展覽。當然這些活動宜與中國歷史課程內容相結合，也需由經驗豐富的老師擔任教材設計者，發展合適的活動教材套，這才能促使學校老師帶同學參加或參觀，促進學習。

因此，中國歷史教育不單是優化課程或一個政策便可以推動，也需要政府全方位和持續的支援。

「成長型心態」與「反TSA浪潮」

徐區懿華

一位從美國首次來港的學者，透過認識多年的朋友聯絡上我，照顧一下。作東道主，我邀她共晉晚飯，才知她和她所屬的團體獲提名角逐「一丹獎」（Yidan Prize）。雖未能得獎，亦獲邀出席參加頒獎禮。「一丹獎」是目前全球最大教育單項獎項，比諾貝爾單項獎項獎金還要多，兩名得獎者每人可得三千萬港元。此乃教育界盛事，故好奇下在網上搜尋有關「一丹獎」花落誰家，怎樣造福人類教育發展。

其中一位得獎者，乃開創「成長型心態」理論的史丹福大學心理學教授Carol Dweck。與傳統相信「能力乃與生俱來」的「固定型心態」相比，前者相信後天的努力乃成功的最重要因素，並相信人類的能力是一種「動態」，是可發展的。故此，教育上更強調因材施教，用不同方式去鼓勵學生，達致有效教學，而不是對待所有學生都用同一種方法，同一個「高」或「低」要求。正因如此，才達致「人人皆可成功」。四十多年來的研究證明，「成長型心態」令學習者成功的機會大大提升。

為鼓勵學習者具備「成長型心態」，家長和教師應多提問以下問題：（一）「你從今天的學習表現中學會了甚麼？」；（二）「你能獲得今天的成功，當中經歷了哪些步驟/歷程？」；（三）「如果再來一次，你會用一些怎樣的不同策略？」；（四）「在遇到一些障礙時，你是怎樣跨越它的？」；（五）「從你的同儕身上，你學會了些甚麼？」

以下的回饋也有助學習者掌握「成長型心態」：（一）「這是一項具挑戰性的學習任務，但我相信你一定會全力以赴，不輕言放棄。」；（二）「你還未成功，但只要你繼續做下去及不要停止思考解決問題的方法，成功就不遠了。」；（三）「你今天付出的努力真值得讚賞。」；（四）「冒險和失敗不是問題，這正是我們學習的過程。」；以及（五）「改進需要時間，我正看到你不斷進步。」

這又與「反TSA浪潮」有何關係？其實「TSA還要不要考，並不是一個大問題。問題是在「反TSA」過程中，鼓吹了「固定型心態」的價值和風氣：「太困難了，怎樣學都不會懂！」、「多練習無益。」，以及「失敗是可怕的，TSA是要證明成功與失敗。」從來，學習的樂趣都在於從「不懂」變「懂」。「反TSA」與「繼續施行」的代價，孰重孰輕，還待分曉！

學生運動員的時間管理

黃廣威

在香港，不少中學生也是港隊運動員的身份，每天都要面對大量的學校功課和比賽或練習，就像一個每天都身兼兩職不停工作的工人一樣。我學校裏也有大量的學生運動員，其中有些在香港體育學院是全職運動員。作為學生運動員，既是挑戰，也是一個難得的機會，學習之餘也同時可以發展自己的才能。學生運動員要雙線發展當然不易，亦要很大的決心、專注和毅力。從過往的例子可以看到成功竅門在於有計劃、有優次和有平衡。平衡對於學生運動員來說是非常重要的，要達到在學習和練習中取得平衡是一個真正的挑戰，所以必須確立計劃和確定目標的優先順序。最有效的方法是首先從日程表開始，當時間上有衝突時不妨問問學校或老師，以獲得更多的意見和訊息。同學可以考慮調動優次或修改計劃，以獲得最佳的效果。一個學生在學習中盡最大的努力是非常重要的，就像運動員在比賽中會盡力而為，但關鍵是先做了最好的準備。

日程安排確立好之後，最重要的是要考慮可用的時間。如果快將有考試出現而比賽日期是較為遙遠，當然必先預備好考試的溫習。同學必須計劃一個溫習時間表，這將有助如何預備考試和獲取好的成績。學生運動員必須要用像比賽的思維方式盡最大努力來預備，考試結束之後便應開始專注於運動項目的練習。當比賽即將到來時，也要建立一個訓練計劃和日程，為最好的狀態做準備，但不要忘記基本學習。不要因為運動練習日益緊張，學業功課就可以拋諸腦後，在練習之餘能兼顧基本學業進程也是很重要的。

時間管理是作為學生運動員的一個重點，為一般日常生活提供了優次和紀律。同學要考慮各項功課作業或比賽練習所需要的時間，及以哪種優次去完成。運動練習和課業學習每天都會交替互換出現，所以每天的平衡也是學生運動員生活的一部分。總括而言，一個學生運動員的成功，可以歸納為是否能夠有效地管理個人在學習、運動與社交的時間，必須時刻注意不要讓自己超出一定的限度，以減少在精神上和體力上的過分損耗。有計劃、有優次和有平衡是學生運動員成功的基石。

如何教育學生發展和善用科技

黃金蓮

科技是人類文明進步的原動力。「科技」是「科學」與「技術」的合稱，「科學」主要是認識理論目的，用於探索和發現自然、社會、人自身等未知領域的現象、本質及規律，尤其是應用科學注重應用性的探索，與現實生活緊密聯繫。而「技術」是應用科學具體化、物質化的表現，通過在生產活動中對科學的應用，以現實性的力量體現出來。

自古以來，人類的生活能夠不斷的進步和改善，主要因人類善於發展科技、運用科技，從最原始的狩獵工具開始，不斷的嘗試、錯誤和創造，累積經驗、知識和資訊，藉科技產品的功能，取得更大的生產效益。

科技的發展和應用對人類的影響日趨廣泛而深遠，如運輸工具的進步，從獨輪車到汽車再到今天的飛機、輕軌、地鐵、高鐵，使人類能便捷來往交通和運送貨物製造科技的改良和知能機械人的運用，提供人們日常生活所需的各種材料和用品，帶來更舒適的生活方式傳播科技的發達，使我們能迅速掌握來自世界各地的知識和訊息。而電腦和網絡的普及，則大大增強了人類的工作效能，加速了資料的處理和資訊的傳播，且令人與人的溝通更方便和加強。

與以往的人相比，我們是幸運的。科技的發展與進步給我們帶來了前所未有的舒適與便捷。科技對我們的影響是非常大的，它令我們生活更方便，令我們打破人與人的隔膜。由於網絡技術和電子技術的飛躍發展，電腦，網絡，手機的出現更使人們的生活發生了翻天覆地的變化。我們可在網上閱讀新聞、看電影、聽音樂;可以聽老師講課、查找資料，更可以足不出戶購物或進行商務活動。網絡一直發揮它方便快捷的優勢，所以在現今社會，手機和電腦幾乎是我們生活的必需品。

因此，現代社會的人每天都接觸與科技有關的各種事物與資訊，也時刻在操控或使用科技與資訊的產品。所以，人們必須具備運用科技與資訊的基本知能，以解決生活、工作、學習乃至於休閒娛樂的種種需求和問題。而基本的科技與資訊技能，便成為每個人生活必備的條件。

現在科技對人類影響的層面已從個人的生活擴大到整個社會、國家乃至於全人類的進步發展和變革。無論在政治、經濟、社會、產業、以及所有與人類相關的領域上，科技已經深入人類整體生活當中。當然，也無可避免地帶來了一些負面的效應和衝擊，諸如科網罪案、環境污染、生態破壞、財富加速差距、人類過分對科技的依賴，以及受科技如機械人的控制等問題，亟待人類省思和解決。

我們相信科技有正面的貢獻，也有負面的效果。作為教育工作者，我們相信教育可以教導學生善用科技帶給人類的好處，持續改善人類的生活，同時教育學生如何減低負面的效應。本校主要以七個價值觀：仁愛、良知、自信、勇毅、創新、能幹及負責任的美德，教育同學如何發展和善用科技。

一、仁愛

學生應懷著仁愛的心去關懷他人。例如不參與網上欺凌，遇到時更應舉報這些行為。當她們出社會做事時，能時常關心貧苦大眾，並適時給予協助。當她們將來有成就累積財富時，她們應學習微軟創辦人蓋茲和面書創辦人克伯格，將部分財富投入慈善事業，造福人群。

二、良知

學生應用良知對待世界，善用科技行善而不作惡。這種良知令同學有公義之心，例如很多人因科技創新獲「專利權」而得到大量財富，但卻維持高昂價錢才給予消費者得到該科技的使用，因此令貧窮或弱勢人士未能得益。在醫學上，這可令很多病人失救。所以，同學就學時期獲教導時常維持良知。從事科技發展，應考慮其成果對社會有貢獻外，也要兼顧成果獲得社會人士公正的享受，令更多人受益。

三、自信

學生應有自信心，面對科技挑戰時絕不退縮，迎難而上。尤其是她們應明白，科技不是男性的專利，女性也同樣可以做得很出色的。

四、勇毅

學生應有勇毅之心，即使發展或運用科技時遇上困難、挫折或失敗，絕不輕易放棄，而是從錯誤中汲取教訓，重新上路，走向成功。

五、創新

科技一日千里，日新月異，學生除努力學習外，更要保持創新意念，不受困於常規思維，大膽嘗試跳出框框，且具冒險精神，才能走在時代尖端。

六、能幹

學生在校自小打好全面的知識和技能的基礎外，在學校前瞻性的推動下，學生勇敢面對科技的學習和應用，保持走在科技的尖端，並發展隨機應變的能力，在千變萬化中立足。

七、負責任

學生知道，能力越大，責任越大的道理。她們學會發展和應用科技之餘，也保持做有責任心的人，絕不推卸責任。而且從低年班開始，她們訂定未來對社會做一番高尚和遠大的事業，並將服務社會和做福人群作為一個人生目標。

在運用七個價值觀作為指導原則下，聖保祿學生在學校大力推動科技學習的環境中，學習發展和應用科技，務使她們將來投入社會和貢獻社會。我們教導她們科技發展和運用的同時，也教導她們認識科技的負面效應，更認識如何避免被科技控制或成為科技的奴隸。這七個價值觀包含公義和正面科技倫理，無論學生將來從事創新科技的事業或科技的應用者，都能有效發展科技和正面運用科技，使科技能持續地對人類作出正面的貢獻，而同時減低負面的影響。

加強關懷青少年，構建學童保護網

關穎斌

近期接連出現多宗與學童有關的不愉快事件，再一次引起了社會對青少年的關懷和熱議。要想構建學童的保護網，真的需要社會、學校、家庭三方面的共同承擔。

學校的輔導網絡，有老師、學校社工、特殊教育的專責老師外，其實有需要增加資源，使教育更優質，照顧更細緻。近年許多學校均駐有教育心理學家，部分學校也有臨牀心理學家的服務，這對現今學童的健康成長也越來越重要。現在課內外，老師都會主動照顧學習差異和輔導學生成長。然而，學生的成長與學習問題是錯綜複雜的，也日趨個別化，有時候是需要尋求第三者的專業意見。教育心理學家會與個別同學進行深度會談，了解學習的一些困難，也為有需要的同學作適切的心理專業評估，並教導小朋友學習技巧和溝通技巧。教育心理學家也會與老師、家長一起會面，大家共同商議小朋友教養與輔導的較佳方法。老師或班主任如在學校發現個別同學在情緒上出現問題或困擾，除第一時間關懷外，在取得家長同意的情況下，會與臨牀心理學家聯手共同化解同學的情緒，提升同學控制強烈情感和衝動的能力，減少不愉快事件發生的機會。所以，教育心理學家與臨牀心理學家的專業支援，對舒緩前線老師工作壓力和構建學生的保護網有一定的幫助。

除了輔導網絡，也需要強化學校的醫護支援。現在衛生署下設的衛生防護中心，除了向學校發報社會流行病的訊息和防疫建議外，每當個別學校出現疫情，對學校也有及時的專業支援。然而，每間學校學生人數平均超過一千人，學校衛生室每天面對不少病痛與損傷個案，也對前線老師和校務處支援人員構成不少工作壓力。如果學校有駐校醫護，他們的專業判斷和及時診治，對學生的健康和生命保障有一定的作用，作為家長也較為放心。

然而，現在大部分學校教育心理學家駐校時間不長、有駐校臨牀心理學家服務的也不多，中小學也沒有設立駐校醫護的常規編制，所以增設上述支援人員是需要的。所以，社會應多一些討論，凝聚共識，為學生構建一個更細緻、更完善的學童保護網，使香港教育系統更能以學生個體需要為中心，與世界優秀教育接軌。

不可推卸的責任

譚張潔凝

饒宗頤文化館正舉辦一項名為「繽紛有禮」的活動。筆者那天剛好遇到兩批小學生在參觀，發現年齡相若的孩子，行動舉止可以異若天淵。同樣是參觀，有效程度可以迥然有別；同樣是老師，學生對待她們的態度竟會如此不同。眼前景象，說明參觀學習是否有效，真的要看學生能否遵守禮儀規矩，深刻感到學校教育必須包含「禮」的文化。

「禮」在古代有多重意義，一般是指行為規範，即日常待人接物的禮儀禮貌，以至在族群逐漸形成的婚喪習俗，還包括勞思光先生稱為「節度秩序」的政治社會制度。

儒家一向重視禮，更認為禮要以「仁」「義」作基礎。要實現「天下歸仁」這個理想世界，要有一個禮樂的制度。例如傳統的春節拜年、向長輩祝壽，但這些都需要自覺主動的意識，不能光靠外控的驅使。

《論語》曾引用有子的話，說「禮之用，和為貴」。「和」，不是無原則的和，更不是和稀泥的和，必須以禮節做標準，這是對當時臣弒君、子弒父的亂世的撥亂反正。今天教育要提倡明辨思維（過去稱為批判思考），更應培養學生能夠明辨是非，擇善固執，養成溫文爾雅、懂得尊重、自覺守禮的習慣。在日常待人接物中，包括遇到和自己百般不同的人，言談舉止都能表現出一種道德自覺的氣派。

良好行為的培養往往有外在的制約作誘因，孔子很早便說要「克己」才能「復禮」。肩負「傳道、授業、解惑」責任的老師，在培養學生良好習慣方面應有重要的角色。那天兩批學生的不同表現，恐怕與老師有關。首先老師日常應能以身作則，談吐恰如其分，懂得尊重禮讓，習慣不易惱怒，以理服人，體現出一個知識分子應有的風範。其次是敢於向學生提出要求，解釋對人有禮必須發乎內心，並落實在行動。見到學生不懂排隊，只顧高聲談笑，旁若無人，應該制止；對為小事而爭吵起哄的行徑，更應直斥其非。

當天的景象是這邊廂老師舉起兩指，二十多個學生迅速整齊地排成雙行；老師把手指放在唇邊，學生便不再作聲，靜待老師指示。參觀結束，在老師的提示下，學生向講解員說：多謝老師義工，多謝講解員老師，有幾個更稱呼義工們做「Auntie」。面對這些有禮貌的孩子，大家都滿意地笑了。那邊廂，另一間學校的老師正為整頓隊伍而聲嘶力竭，其中有幾個學生更爭吵起來，還纏著老師，似乎要為自己取回公道。

看在眼裏，我想起寫在展覽廳入口的那句話：「人無禮則不生，事無禮則不成，國無禮則不寧。」良好的禮貌和禮儀真的要從小養成，在這環節上，老師有著不可推卸的角色啊。

大數據時代——數據驅動教學優化及創新

徐區懿華

近幾年，每逢二、三月的時候，社會上總吵吵鬧鬧，爭議 TSA/BCA 應否繼續考下去。支持的一方主要是看到學生學習的需要，越是家庭支援較弱的學生，越需要有質量的教育系統去輔助學生學習及成長。透過「基本能力評估」獲得有關數據，有助作出針對性的措施，減少盲目操練，騰出空間讓學生作有意義的學習。是故不少學校均認同毋須爭議，亦不會以不斷操練的方式去「幫助學生準備應試」。甚至有權不參加有關評估的私立學校，自願參與者多年來亦大有人在，亦是希望獲得客觀數據以檢視自我效能。

至於反對者所持的觀點，不外乎是學生壓力問題、要消除操練誘因等。這兩項觀點，去年已於多篇撰文中作出分析（詳見《考 TSA 要服聰明藥嗎？》、《成長型心態與反 TSA 浪潮》、《學習壓力從何而來》等文）。除上述觀點外，亦有教育界人士擔心小學適齡人口即將下降，不欲政府掌握各校學生學習情況而出現殺校危機。筆者認為使用數據作殺校理據的確不可取，因很多照顧家庭支援較弱學生的學校，學術成績不一定很出色，但都是以愛心辦學，沉澱了許多寶貴經驗的好學校。政府早前已答允不再使用有關數據衡量學校效能，至於教育界人士是否相信政府，則還需要更多溝通及透過實踐以建立信任。

政府及企業投放大量資源去發展收集有效數據的平台，正是看到使用客觀數據去分析未來社會發展的需要的重要性。TSA/BCA 是否繼續考下去仍是未知之數，但身處大數據時代，使用數據去驅動教學優化及檢視創新措施是否具成效，則是學校發展的重要一環。為了獲取有效數據，近年部分學校開始使用考評局發展的評核質素保證平台（AQP）。老師使用有關平台，能同一時間獲知以下各項：（一）題目是否能有效評估學生水平，會不會太深或太淺。老師可以透過數據優化擬題技巧，題目能更對應教學目標，使數據更有效地反影出學生學懂了甚麼，還有甚麼不懂；（二）個別及全體學生在某一題/某一類題目上的表現。老師可以更了解每位學生的學習狀況，設計更有效的教學方案，以照顧學生的個別差異；（三）班與班之間在不同範疇上的表現的差別。老師可以互相學習，使用更有效的方法進行教學。

在所有反對聲音中，最叫教育界人士感到難以接受的，是有關「學生懂不懂，題目是否有效，憑經驗已心裏有數，不需要有關數據」的說法。曾使用評核質素保證平台的教育界朋友，都表示在所得的數據中得到新的資訊，有助從不同角度去剖析學生學習成效及優化教學。最大難題只是輸入數據的工作量實在太大。學校從TSA/BCA報告中，則能獲得類似的數據，而毋須自行作出分析，可減省不少行政工作量。

近日有人提出「不記名、不記校和抽籤應考」之說，此舉正廢除了有關數據的有效性。教育界對有關的爭議實在感到十分疲累，還望社會可以回歸客觀理性的討論，讓教育的事情從教育專業的角度出發去作出考慮。

孩子們，你可表現得成熟一點的

鄭建德

社會對少年人總有些附帶的形容，例如「年少無知」，又或是「少年輕狂」。當然這都是成年人的偏見，但少年人也得問這偏見到底是怎麼形成的？在聖經中偉大使徒保羅對他的徒兒提摩太的教訓中有一句：「不可叫人小看你年輕，總要在言語、行為、愛心、信心、清潔上，都作信徒的榜樣。」這教導當然有它的宗教意義，但借用來提醒現代的少年人，相信也很管用。

少年人，請你在言語上表現得成熟一點。從正面說少年人說話比較率直，不拐彎抹角；但從另一角度看，年輕人說話不夠心思慎密，也不多考慮聆聽者的感受，忽略說話的後果。然而覆水難收，最後就算道歉也無補於事。近年說髒話的次文化彌漫在大學校園，甚至中、小學校園，叫作為教育工作者的我「耳中聽、心中痛」。究竟何謂表現成熟的說話？說到底就是「尊重」，尊重聽你的人，不管他跟你立場如何不同，甚至政治取態跟你有多大分歧，也請你尊重他，並且尊重自己作為一個有文化修養的人。說話理直則氣壯，並不需要提高聲浪，又或是以髒話加強語氣才可顯示道理的。

少年人，請你在行為上表現得成熟一點。年輕人沒甚麼包袱，行事常常「順心而行」，但說穿了就是「我行我素」。假如以「我喜歡」和「這才是真我」為行事風格的話，委實不夠成熟。究竟何謂表現成熟的行為？行事前除了考慮自己的益處，亦能考慮到身邊的人，甚至團體以至社會的利益，才算是成熟。年輕人常以為自己「一人做事一人當」，可惜很多情況下魯莽行事的後果並非一人能當。我曾見過有學生運動會的接力比賽，各隊健兒本來都是逆時針沿著賽道作賽，偏偏有一隊違反比賽規則，沿相反方向奔跑。細問原因，學生只是表示想做一些瘋狂的事，為在學生涯留下一些回憶，並表示願意承擔後果，被取消比賽資格及接受紀律處分。這些後果他們當然要負，然而學生並無想過其他參賽同學可能因這突如其來的行動受驚而影響作賽表現，且若有迎頭相遇踫撞的話，後果不堪設想。況且，這樣的舉動對學校紀律所帶來的負面影響更是不能預計。

孩子們，這個社會有一天都要交到你們的手上，我希望你們學習在言語和行為上表現成熟一點，凡事三思而後行，不需要為衝口而出的説話或是魯莽的行為付上沉重的代價。

考試攻略

黃廣威

每年的四月至六月，是同學們應付各類考試，非常繁忙的日子。不少家長都會提出一個問題：有沒有甚麼技巧可以令同學在考試時更為得心應手呢？以下是一些筆者的建議，讀者不妨作一參考。

首先同學在預習考試時，記著要學會不要急於回答問題。在回答問題之前，應先記下一些要項、助記符號或概念圖。通過這種方式，在回答問題時可以審視自己的計劃，而不怕忘記下一步要寫的內容。其次要經常記著回答問題時要表達自己的知識，並須與該科的學習內容概念相連。有時同學會因被問到不熟悉的問題而感到非常沮喪，然而應冷靜面對，看看是否仍然能夠使用其他已有的基礎知識及方法的來解決該考試問題。另一方面，在書寫冗長答案之前要準備骨架計劃；在開始之前，寫下答案的框架圖會十分有用，並應該用非常簡短的註釋形式列出要包括在答案中的各個主要觀點。這樣同學可以一口氣順暢地由頭到尾作答問題。

考試日在考場時同學必須記著要仔細閱讀整道題目，並確保完全理解每道題目的要求。用筆圈上關鍵字並將題目分解成單獨的組成部分是個不錯的方法。一個題目可能是要求同學描述事物（例如「你對……有甚麼理解？」或者「列出並解釋……」），或者它可能要求同學「比較和對比」各種概念。在後一種情況下，簡單的描述是不夠的。相反，同學必須強調所討論項目之間的相似性和差異性。對於以「解釋」或「說明」開頭的題目，應以示例、反例，備選方案和一系列優點和缺點作為補充說明主題。同樣涉及「討論」的題目，同學應確定關鍵主題，並借一些引用或事例去解釋和評論該主題的各個方面。最後，時間管理是每次考試的關鍵。同學應預先分配好給每個題目的作答時間，並利用幾分鐘在該題目旁記下答案的要點後才開始作答。此後應嚴格遵守自己給每條題目答案所允許的時間。回答題目次序方面，首先應回答簡單的題目。這有助增強自己的信心和集中注意力，並為其餘部分制訂答題的節奏。

應付考試其實是一種工藝技術，有計劃、多嘗試並作冷靜清醒的分析，是考好一個試的基本條件。

「孝」在今天

黃桂玲

每年的五、六月，市面上不少酒樓和商店都會推出母親節和父親節的餐飲和商品項目，報章和各資訊媒體也廣泛宣傳這兩個節日。一時間，父母親都成為了大家的主角，看見兒女們簇擁著父母圍桌共聚，送上鮮花、禮物或親吻，真是一幅幅美麗溫馨的圖畫。深願節日的氣氛能確切喚起大家對父母盡孝的意識。

現今家庭子女數目都較少，子女都很自然成為家庭中最重要的人。父母為培育子女可算是勞心勞力；就是兒女成年了，不少父母甚至為子女置業問題費盡心思，傾力相助。然而，為人子女者又有多少會為父母的處境和需要來費心？中國傳統談的「孝」的意義似乎在社會、學校和家庭教育中越來越少談及，因此筆者就曾在早會與學生分享「孝」的意義。

從「孝」字的字型結構來分析，「孝」是由老字和子字合成的，具體來説是指父母年老了，兒子仍不離不棄照顧父母。在《論語》中，孔子多次與學生討論到「孝」的具體行動。子游認為能供養父母就是孝順了，但孔子更強調要既尊且敬，否則與畜養犬馬無異。在現今競爭激烈的生活中，養兒防老的概念越來越薄弱，不少父母都不奢望兒女能夠供養他們；然而也不表示兒女可以不用在金錢上回報父母。一點金錢的分享其實也顯示了子女對父母的感謝，再加上尊重和關懷，不以父母年老體弱為負累，那才是真正的孝順。筆者服務的學校就設計了體驗式的「個人成長課」，讓學生戴上眼罩和手套，模仿長者眼矇耳鳴的狀態，讓學生能感受到長者的需要，從而產生體諒和關懷。

在《論語 • 里仁篇》中又提到：「父母在，不遠遊，遊必有方。」對於喜愛旅遊或公幹頻繁的現代人來說，這要求好像有點不實際。但細心一想，其實是提醒了為人子女的，要明白父母對我們的關懷和掛慮。年輕人多不喜歡父母問及他的活動或生活瑣事，講求個人的自由。但父母越在「無知」中，就產生更大的擔憂；所以子女能主動讓父母知道自己的動向，那也是愛護父母的表現。

在東西方文化匯聚的社會中，中國傳統「孝」的意義未必在社會上經常傳遞，惟筆者相信教育在家庭中，在每天的生活裏。在學校，老師可以找機會與學生分享個人與父母的關係；在家庭，為人父母展示善待長輩的行為和態度；那麼孩子在耳濡目染下必定會從中學到尊重、孝順和關愛的意義。

中國改革開放四十年香港與內地文化的衝擊與融和

招祥麒

國家自改革開放至今四十年，香港與內地文化交流的軌跡，大概可用「一脈相傳，相互影響，由疏而密，衝擊融和」十六字形容，而以九七香港回歸為分水嶺。九七之前，香港文化在內地「引進來」的大勢下，北向的影響較大。九七之後，相互交流的日益頻繁，有出現矛盾碰撞，彼此排擠的現象，但總的是流向大融和之勢。

必須承認，雖然香港回歸已經二十年，但仍有部分港人對「一國兩制」存在誤讀誤解，少數人甚至通過攻擊內地體制來製造港人對「一國兩制」的疑慮，這都不利於港人對國家的認同及建立穩定和諧的社會。

中國近四十年的經濟發展舉世矚目，但由於幅員廣大，沿海城市與邊陲村落的差異極大。可以說，內地有極高文化素質的，也有相對樸野的。中國鐵路和公路網發達，使得邊陲村落的人都有機會享受城市的文明設施，這應是民族之幸。試想，一些村落同胞到港，在家時是以天地為棟宇的，四野無人，廁所不足，小孩子不隨便撒尿才怪。旅遊香港，人生路不熟，小朋友嚷著尿尿，且就路邊解決，在家鄉何等自然，但在香港便遭敵視了。尿尿如是，地鐵內進食如是，至於旅遊購物，搶購奶粉，甚至於沙灘紮營夜宿等等，影響了市民生活，佔用了港人設施。這原本可在政策措施上解決，可惜政策未出爐，「蝗蟲」與「香港人是狗」的言論一出，矛盾加深而引致零星的行為衝突了。

畢竟，基於同為中華民族血濃於水的情感上，相對於矛盾衝突，我們可以找到更多例證，說明兩地人民間的相浹融和。

一九九一年五、六月間，國內共十八個省、自治區、直轄市發生水災，五個省、自治區發生嚴重旱災。單是安徽和江蘇兩省，受災人口高達九千多萬人，經濟損失慘重。香港政府撥款五千萬港元賑助華東災區，全港隨即掀起捐贈救助的熱潮。據有關方面統計，短短十天時間，香港的賑災籌款總額已達到四億七千多萬港元。

又如二零零八年五月汶川八級大地震發生，破壞地區超過十萬平方公里，造成六萬九千二百二十七人死亡，四川、甘肅、陝西等省的災區直接經濟損失慘重。香港先後派出消防處、食物環境衛生署及政府飛行服務隊等前赴四川救災，並於地震發生一天後緊急調撥三億五千萬港元，之後陸續追加，連同香港賽馬會和和民間捐款，香港特區共投入一百億港元支持四川重建。

這都證明是同根同源的效應。

香港與內地文化交流的新突破

招祥麒

從香港回歸至今，香港文化與內地文化既互相影響，又互相促進，形成兩者之間雙向回饋。展望未來，內地和香港在文化交流上持續過往的發展外，也許可更作以下的新突破：

一、配合國家「一帶一路」政策，積極推動文化先行

「一帶一路」是中國對外發展的重要戰略。文化部與香港特區民政事務局於二零零五年簽署《內地與香港特區更緊密文化關係安排協議書》，以「互惠雙贏、加強合作、共同發展」為原則，規劃了內地與香港在文化方面加強合作的領域和管道。粵港澳地緣相近、人緣相親、文化同宗，廣東省與港澳文化交流規模佔據內地各省總量近一半。加強制度化建設是推動粵港澳文化合作的基礎。廣東省文化廳與香港特區民政事務局、澳門特區文化局也簽訂多份合作文本，實現了粵港澳文化交流合作從民間自發到政府引導、從臨時性到計劃性、從交往到共事的深度融合。未來，內地與香港、澳門更應在過去的文化交流經驗上，配合國家「一帶一路」政策，推動文化先行，樹立文化引領經濟的高度自覺，推動傳統文化的傳承與現代文化的創新，促進和深化與沿線國家的文化交流與合作，最終達致區域經濟的發展。

二、利用大數據時代網絡媒體推動文化交流

進入二十一世紀，大數據的收集和挖掘技術成為熱門的研究領域，很多跨國企業都根據大數據的分析而調整經營的策略。文化交流向來都是默默交往，潛移互通的。然而，通過網絡媒體的急速發展，文化的交流已起著前所未有的變化。要進一步推動文化交流，諸如對傳統文化、生活文化、旅遊文化等資料的收集、挖掘與整理分析，並制訂「文化承傳」的政策，對打破內地與香港的地理界限，加快彼此的融合，將有極大的幫助。

三、通過深厚的傳統，融入創新的意念，提高青少年的文化素質

中國深厚的傳統文化有其極優秀的一面，帶給中國人尊嚴和自豪，但有些文化的糟粕我們也得承認。數典忘祖固然要不得，頑固保守也非正確態度。香港不僅是一個對外傳播中華文化的視窗，對內還是一個海納百川、借鑑吸收各國優秀文化的橋樑和試驗場。內地與香港加強合作交流，實現優勢互補和資源分享，深化人文思想層面的交流，對實現「中國夢」，以致「中華民族偉大復興」都很重要。青少年是國家的未來，如何有效促進內地與香港青少年間的文化交流，通過融合而昇華，提高彼此的文化素質，將是今後的一個重要的方向。

現代父母多辛酸　互相體諒創三贏

徐區懿華

昨晚看了一齣電影《Alexander and the Terrible, Horrible, NO GOOD, VERY BAD DAY》。故事中的訊息直說到我的心坎。故事講述一個孩子，哥哥家姐各自忙，父母於老四出生後也忙過不停，令他備受忽略即使在學習及與同學關係中遇上不快的事情，也沒有人理解他。劇中的太太剛好事業起飛，在工作和家庭中顧此失彼；父親則是名太空科技博士卻失業，見工面試都要帶著幼兒。

整套電影道盡了現代家庭的困境，包括成年人和小孩的無奈。那對父母所面對的困境，也是許多父母的寫照：不論專業或勞動性質的工作，挑戰均越來越大。工作錯不得，人際關係也要好，壓力大。下班回家拖着疲累的身軀，父母精神體力都未能照顧孩子的需要。要維持家庭日常運作都不容易，在價值觀、待人處世的培育，以及完成學習要求上，父母雖心裏不願意，亦往往會先照顧孩子應付學業；完成了這些，已耗盡了父母最後一滴精神和體力。

任教師的父母又如何？外界總以為當教師假期多，薪高糧準，工作穩定。這也許是二十年前的情況吧！今天當教師，不斷參加專業發展培訓是常態；早出晚歸，批改作業和備課外，還要完成進修的課業。老師假期多可沒有閒著，帶學生參加各項比賽、出外交流；假期需要完成積壓的批改，帶着作業或卷子去旅行相當普遍。到老師家裏有事，父母生病了、孩子生病了；對不起，學生學習要繼續。除每年兩天紅白二事假期外，沒有其他事假，更沒有年假可以自由選擇甚麼時候放。

早前跟一批老師聊天，發現不少老師想生孩子要試盡千種方法、有血有淚、苦盡甘來，終於懷上孩子。孩子出生了，希望承擔多點行政工作升職加薪，讓自己的孩子獲得更好的成長條件，卻反而兼顧不了，顧得了工作卻顧不了孩子，大家都面對同樣的境況。二十多人圍著談，十多位女士不是眼眶濕了就是忍不住落淚。在商界，多勞多得是最平常不過。教育界，再勞苦，回報都不是短期可以見到，也不是金錢可以量度。中高層職位不多，升職加薪談何容易。投身教育界的，沒有對教育的執著和熱誠、以及愛孩子的心，日子應該會過得很苦。

我們在學校裏每天要處理的行為問題、價值觀問題，絕大部分根源都來自家庭支援出現問題，老師可以對家長和孩子多點體諒。大家生活都不易過，每天辛勤工作的父母們是否也可以對孩子的老師多點欣賞？社會人士對教育的殷切期望，可否化為對教育工作的積極支持？

直資學校調整學費與監管

陳偉佳

近來輿論上出現有關直資學校、國際及私立學校增加學費的討論。主因是申訴專員公署接獲投訴，於是主動就這三類學校的申請加費機制向教育局提出展開調查，主要聚焦監管學校加費的制度。

就直資學校而言，所有學費調整申請必需遵從教育局要求，依循嚴謹且透明的機制辦理一切程序，凡調整學費計劃必須在半年前向教育局提出。而之前不但要交予校董會審批，也需諮詢家長，更需於學校所有對外渠道公佈，讓持份者知悉。

一般而言，學校加費的比率如只按照通脹會較易理解，從而也易於獲批。若學校加費數字高於當年教育局制訂的準則，就現實情況，學校多數出於以下理由：學費一直偏低，需要額外增加學費維持營運；又或者在不加費的情況下，學校恐出現虧損。如此，那就必須諮詢所有家長，而當中更要提交學校的收支報告及財政預算案等予局方，而局方更會詳細審視當中異常情況及校方所提出的理由與解釋。正面來看，申訴專員公署展開調查行動是正常不過，能讓公眾知悉直資學校加費準則，實屬好事。

然而，有關行動在社會引起迴響，更有聲音認為直資制度的出現造成教育不公，並認為直資製造貴族學校，對公平教育產生負面影響，討論層面甚至去到直資制度的存廢。這些言論有點失焦，偏離申訴專員公署展開行動的原意，對教育生態沒有帶來任何好處。

直資制度實施近三十年，推行初期的重要目的是建立更健康、完善的私立教育體系，讓家長有更多選擇。同時亦增加學校營運的自由度，使學校在靈活的體制下，達至效果最大化。由出現早期至今，直資體制隨著時代變化經歷不少優化調整，尤其在教育局對直資學校的監管方面，經歷了《審計署署長第五十五號報告書》的鍛鍊，發展了企業經營模式的監管和指引。雖有別於津貼學校，但直資學校絕不等同沒有監管，只是模式不一。

直資學校採用「不選不派」原則，每個學額的平均成本與資助體系學校相同，並沒有令政府衍生額外支出。因此直資學校的經營實際上建基於收生狀況，取決於學校的辦學質素，家長成為學校最大監管者。

部分直資學校開辦國際課程，為本地學生提供多一個渠道。透過直資學校升學，所有階層的學子都有機會以本地學費修讀國際課程，而政府無需額外付出一分一毫。不單如此，清貧子弟更可申請學費減免或獎助學金。換言之，直資制度提供了階梯讓清貧學生擴闊升學界限。在剛出爐的 IB、GCE 成績，一些直資學校比國際學校毫不遜色。

我歡迎不同持份者包括公眾及申訴專員對直資學校的鞭策，有助完善直資體系，貢獻香港教育發展。但私立及國際學校由市場主導，與直資學校不可一概而論。

中國現代數學家華羅庚及華杯賽

林建華

為紀念傑出中國現代數學家華羅庚教授，中國有關單位於一九八六年共同發起創辦「華羅庚金杯少年數學邀請賽」（簡稱華杯賽）。此賽事在中國已舉辦了二十三屆，並從二零一一年開始，廣東惠州市政府更與北京華杯賽組委會簽訂了華杯賽總決賽永久落戶惠州的決議。

為了參與全國賽事，香港教育界人士在二零零四年十月於香港成立「香港華杯賽組委會」，由任教大學、中學及小學教育界人士擔任顧問及委員，二零一六年九月更成為免稅慈善學術團體，是北京組委會唯一承認的香港「華杯賽」組織。眨眼間，香港組委會已舉辦了十四屆決賽賽事。香港更分別於二零零六年及二零一六年舉辦首屆國際精英賽及第六屆國際精英賽。今年八月中更會派出十人代表團參加假福建廈門舉行的第七屆國際精英賽活動，他們都是今年三月十日香港華杯賽決賽中挑選出來的精英，希望他們在國際精英總決賽中脱穎而出，為港爭光。

華羅庚先生於一九一零年出生於江蘇省金壇，他只有初中程度，因家庭貧困，更於父親經營的小雜貨舖當學徒。他利用業餘時間自學數學成材，十九歲時更於上海科學雜誌發表數學論文，得到清華大學數學系教授熊慶來的重視，推薦他於一九三一年到清華大學工作。一九三六年到一九三八年，他更到英國劍僑大學深造研究，亦先後曾任美國普林斯頓大學高級研究員。一九四九年他毅然放棄美國的高薪厚職，回到中國清華大學任教。他先把數學理論的「統籌法」及「優選法」研究和農業生產結合起來，作出傑出貢獻。一九八五年六月十二日，華教授到日本作數學學術報告時心臟病突發，不幸逝世。

華羅庚先生自學成才，透過勤奮力學，成為蜚聲中外的傑出科學家。但他從不迷信天才，認為「天才由於積累，聰明在於勤奮」。中國的聶榮臻元帥更為華羅庚先生寫了「精勤不倦、自強不息、立志事業、獻身國家」的十六個字題詞！高度概括華先生的精神內涵。

香港現致力推行STEM（科學、科技、工程及數學）教育，若只強調培養學生創新及創意，缺乏像華教授的自主學習及刻苦探究精神，成功都可能是表面及缺乏持續性的。

培養自主學習

羅慶琮

近年很多國家都在討論如何培養下一代的能力，以應付二十一世紀的挑戰。其中一項能力：自主學習和自我驅動能力，受到很多地方注意。然而，在我們學校，系統地培養這種能力的措施不多。

自主學習有幾個層次，最基本的是自覺地用心完成所需的學習任務。我們的學校都有手冊，讓學生記錄每天要完成的功課。然而，如何完成個別任務，是家長的責任。學生做得不好，是家長的責任，很少學校有研究如何培養學生自覺專心做好功課的習慣。我在教育署工作的時候，曾參與一項關於學生功課的研究，當時輿論都說學生功課太多，往往做到深夜。經過很認真的研究，平均功課只需少於兩個小時就可完成。問題是學生往往拖拖拉拉，等到父母或補習老師督促下才能完成，更甚者不動腦筋，由補習老師提示答案下完成。十多年前，我曾訪問過一些英國寄宿學校，研究為何這些學校招生要求不高，但都能進入大學的原因。他們都說抓緊自習很重要，一般學生一天認真和專心學習兩個小時，功課就沒有問題。當然培養每個學生都自覺自習的習慣，不是一件容易的事。

自主學習更高一個層次，是時間管理。很多學生都是臨急抱佛腳，我們的制度往往也助長這種作風。考試時間表拉得很長，彷彿縱容學生平時不用功、考試前才溫習的習慣。幫助學生建立良好的時間管理習慣，對其畢生都有好處。英國有間寄宿學校，每個學生都有一個簡單的表格，登記自己一周每段時間所做的事，和導師一起分析，逐步提高時間管理能力。

自主學習的最高目標，是學生能夠自己逐步建立自己的長期和短期目標。為達成這些目標，在老師的指導下，建立學習內容，提高學習能力，制訂作息時間表，養成恒常生活習慣，不斷反饋，往目標前進。

我見過美國一所學校的學生手冊類似成年人的工作手冊，除了一般手冊的日曆、重要資料和通訊錄之外，學生要自己訂立願景和任務，從而制訂三個月和一個月的目標和策略，每日要原成的工作和簡單總結。這本手冊，目的不單是用來紀錄學校對學生的任務，而且幫助學生建立自己管理自己的習慣。

香港學生被人咎病過於被動，學校、家庭甚至學生所花的努力和教育成果不相應。我認為如果學校有策略地多花精力和時間在培養學生自主學習的習慣和能力，教育效能會更大。

招聘的煩惱

黃顥東

已經越來越少身邊的朋友問自己有幾多日的暑假。現時大部分學校在暑假亦填滿了不同形式的學生活動、補課等等，老師們已不能像過去般享受悠長的夏日假期。身為校長，暑假亦正好總結過去，計劃將來，而在行政工作中少不免有招聘新一年教職員的工作。我們都希望招聘工作能在暑假前完成，但事實往往未與預期般理想，若因人事安排或未有合適人選，面試招聘工作便要延至在暑假期間進行。現時直資學校招聘老師的工作與其他官津校都大同小異，而亦由於現時社會一般人認為教師工作薪高糧準；因此，雖然面試招聘仍會花一段時間，但尋找人才亦不如十多年前般困難。

然而，筆者就近年招聘經驗發現兩個現象。第一個現象是現時不少年輕的應徵者已有不短的教學年資，並來自他們於不同學校任教的經驗。筆者遇過一位有八年教學年資的應徵者，就來自六間不同的中小學，他們理由大都是因為之前受合約形式受聘，約滿後因學校再沒有撥款而要尋找新工作。面對曾任教多所學校的應徵者，我們在過去往往多一重顧慮，惟在今天的大環境下，我們對這群老師亦需作多一層的理解，而在考慮聘用時試從他們的角度去思考。不過，相對而言亦增加了校長招聘時的難度及壓力，有時都會懷疑應徵者不斷轉學校的真正原因。這情況下，除了相信自己的眼光，可在徵得應徵者的同意下，向「行家」了解應徵者的表現及離職原因，減低請錯人的風險。

筆者對第二個現象的出現尤其感到無奈，就是發覺近年多了應徵者在簽約後不到任，更甚是只會以電話或電郵通知校方，並拒絕根據合約上訂明之條款，賠償校方損失。若校方再三追討下，應徵者更搬出教師團體作檔箭牌，指出團體中的「專業人士」建議他們可考慮將賠償爭議交法庭處理等等。雖然我們在制訂合約條款時都曾徵詢法律意見，然而不少校長朋友最後會因行政工作繁瑣而放棄索償，只好收拾心情重新一次的進行招聘過程。事實上，我們縱然能理解老師（準老師）一時錯誤的決定，但難以接受是在錯誤後拒絕承擔責任，並且搬出百般理由。試問我們何以能將學生交託於一些缺乏誠信、拒絕承擔責任的老師。作為老師要言教身教，我誠心希望一些老師在簽約前考慮清楚，並不因一時的衝動做了錯誤的決定。因為這樣最後會加重學校的行政工作，並需要承擔錯誤決定可能帶來的後果。

父母為子女覓校

羅慶琮

孩子長大過程中，做父母的最頭痛的其中一項，就是為子女找學校。家長往往覺得過程中，他們是被動的，學校是主動的，子女的前途取決於他們能否進入心儀的學校，而所謂心儀的學校是公眾一般認可的名校。

其實父母在過程中有很重要角色，他們可以根據自己對子女的期望和孩子的特點，規劃孩子的成長。香港現在是，將來更是，是一個發達而多元化的社會，應該有多種發展途徑，容納不同特點的青年人。父母可以根據孩子的個性，發展其潛力，使他們樂意在善長的方面成長。而且，很多研究都指出，影響一生主要不是學業成績，而是相關的技能和態度。基於這個原因，家長應該為他們選擇最適合的學校。其實，沒有一個單一標準何謂好學校。如果孩子是活躍的，一般來説比較適宜進入一間比較開放寬鬆的學校。但也許家長覺得他/她太鬆散了，刻意讓孩子入讀一間比較嚴謹的學校，也未免不是一個好選擇。如果你相信未來世界需要多方面才能，而希望子女能夠全面發展，應該選擇一間多元化的學校。但是如果你認為未來二、三十年，世界都是學歷分數掛帥的，而祈求孩子平平穩穩過一生的，有條件的就選一間注重學術成績的學校吧。如果你認為孩子很有個性，特別是資優的，你就要選一些比較包容的學校。

不論你孩子是否能進入心儀的學校，家長還是可以起關鍵的作用。我認為，學校只是提供一個學習環境，照顧大多數學生。孩子能否在學校受到最好的教育，還要家長作出對孩子相應的政策。一個孩子放在水平比較低的學校（Big fish small pond），或放在比較高的學校（Small pond big fish），都有優劣。有研究指出，前者學生有較高的自信，因而有較高的成績。但經驗告訴我們亦有要求低，動力不足的問題；因此家長可以向學生適當提出一些額外要求，給予刺激。後者則要提高學生成就感，提供他們有成就的機會。此外，小學生升中由於升上不同學校影響其自我觀，一些名小學學生升上一般中學，特別是遇到升上名校的同學時，容易出現情緒問題，家長要著重給予輔導。

總而言之，學生由幼稚園升小學和由小學升上中學，由選校到轉校，都是一個相當複雜的過程。其中要考慮的因素很多，最好和孩子一起商量，共同參與，使學生這個過程中經歷考驗，在人生過程中上了一課。

淺談創建未來的學習場景

陳偉佳

所謂學習場景不單是指一個固定的建築物，在急速發展的年代，更著重的它是一種外化能力及空間發展文化，一種在資訊社會發展過程中發揮積極作用的教育文化；也包括在交通發達的今天，城際間的協同機遇。要善用這種文化及機遇而優化及放大學習場景，學校和教育機構需要持續性全面發展教育理論和新的教學領導，這需要在運營文化中進行系統性變革。只有通過確保教育領導力積極並創新以面向未來，才能實現具前瞻性的變革。

改變舊有或老化的運營文化的關鍵是領導力。領導力致力並建基於組織價值觀、願景、韜略和互動文化等。這些因素共同決定了組織應對社會挑戰和自我更新的能力。如果沒有正確的領導，就不可能改變以創新及發展運營文化；並且在這種情況下，將新方法和開發結果灌輸為學校或組織日常生活的一部分以取代舊有或老化的文化會變得困難。故此組織的領導力必須面向未來並加以系統化、全球化及最大化。

由於在過去的幾十年裏，我們對人類學習方式的進行及果效的瞭解也大大增加，所以我們必需同時要在學校進行學與教的改革。因為學習者在社會和未來的工作生活中需要的技能已經發生了變化，但教學實踐和學校結構並沒有相應地縱向發展。當學習發展至以學生為中心的情況出現時，教學和教師很容易成為一種客觀存在和減值。在未來，創新而有效的以學生為中心的教學法，是在課堂內作出的質與量的變化與學習組織和教師的既有概念有關。實際上，今天教師需要思考應有的最大變化。

試想在開放而自主的學習環境中，學生可以設定自己的目標，協作地構建知識並創建自己的內容和問題。現今學習環境的設計過程應該始於學習過程，學習活動和學習者互動的範式。同時，資訊科技促使學習場景的現代化，無限制空間及多維的學習環境支持學生的成長、學習和自我指導，並為他們提供了設定自己的目標和評估活動的機會。學習場景中的設備支持學生作為現代訊息社會的用家並予以發展，包括計算機，電子產品等其他媒體技術和訊息網絡的使用，均促進學生的協作活動、自我指導、創造和創新，使下一代成為一個自主並終身的學習者。領導力、全球化、教學法及範式轉移與場景建構，均是通向未來教育的核心方向。

正如通過學習社區之間的學習者和同伴學習之間的互動，以及支持不同類型的交互模型和專業知識的共享，城際間作互動並形成學習圈。今日香港和世界各地、大中華地區，尤其是大灣區等城市交往十分便利，運用優勢互補，也是一種新的教育場景。教育工作者是否也可思考一下如何去把握這些協同的教育機遇呢？

道德勇氣

鄭建德

美國大文豪馬克吐溫曾慨歎說：「我感到好奇：身體的勇氣應該在世界上很普遍，而道德勇氣卻如此的罕見。」當我在媒體上看到年輕人在做極限運動，飛簷走壁的時候，我看到他們身體上的勇氣；可是當我看見他們在做道德抉擇時噤聲，又或是隨夥，則驚訝馬克吐溫的觀察是如此真實。

年輕人特別重視朋輩的認同，所以亦特別容易在朋輩壓力下做出超越自身道德底線的事情，如婚前性行為和吸食毒品等；所以要「企硬」，的確需要有道德勇氣。雖說道德價值觀因人而異，但在學校的道德教育裏總會把一些社會普遍認為真、善、美的價值觀灌輸給學生，例如誠實、尊重、守法等。所以，社會雖然沒有一套放諸四海而皆準的道德規範，也會有一些普世價值可作指標。

據我看來，道德勇氣可以在三方面展現。（一）要拒絕不合道德規範的邀請；（二）要指斥不合道德規範的行為；（三）要表揚合乎道德規範的表現。如前文所說，年輕人特別容易在朋輩壓力下做出超越自身道德底線的事情。正如每年都有媒體報道大學迎新營的意淫玩意，我相信很多新生都在群眾壓力和現場氣氛下被逼參與，假如你身在其中，你會拒絕嗎？拒絕參與可能被指為不合群，甚或被排斥。此外，假如你不是參與者，而只是旁觀者，你會為被逼參與的同學發聲嗎？指斥不合道德規範的行為可能會被指多管閒事，甚至招致損失，你仍願意鼓起道德勇氣嗎？

至於第三方面，即表揚合乎道德規範的表現也要道德勇氣，可能令你大惑不解，但事實的確如此。社會上有時對於好人好事也會有負評，例如讓座他人可以被譏為「扮好人」，見義勇為也可被解讀為「博出位」。這些負評很容易令人氣餒，故此適當的表揚能為社會帶來正面的訊息，這種表揚確實也需要道德勇氣。

慶幸我的信仰為我提供道德的尺度作為依據，而信仰的力量又給予我勇氣去實踐道德生活。因為真正的道德勇氣是先以道德規範來約束自己，然後才有說服力去改變他人。

談資訊素養教育

徐區懿華

文字訊息的可信性

聖誕假期前，各大報章報道非洲豬瘟傳到珠海，有豬隻受感染並死亡。經查看各報章報道，確認可信性高，遂轉發家人提醒他們留意。老媽回了我一句：「是真消息嗎？」我心樂透了，她懂得過濾收到的消息。事實上我亦無法百份百確定訊息是否可信，只能把各報章的報道轉給她。但報章誤報以致謠言傳播，也不是從未發生的情況。

謠言的傳播

對老一代的長輩而言，以至七十後的一代；他們成長的年代，資訊流通尚未算是十分發達，一般能以「文字傳播」的訊息，如報章和書籍，由具名及須負責的人發佈，對言論負責任，可信性都甚高。

現今的「文字傳播」媒介比以往多許多，互聯網及智能手機的普及，令每個人都可以成為記者、作者，發放訊息者身份及個人操守都未可知。文字媒介中有真實的訊息（Fact），也有個人觀點和評論（Opinion），也有一些是謠言（Rumour）。

客觀事實的傳播當然無傷大雅，觀點與評論則帶有立場和目的，要小心地運用「明辨性思維」去閱讀，再去決定是否同意作者的觀點。一些先進國家早已在中、小學課程中引入相關教學，確保所有年輕一代都能注意及分辨事實（Facts）及觀點與評論（Opinion）。香港常識科課程亦早已加入相關部分，基於相關課題師訓的缺乏，在學校中是否能有效地落實，則仍是一大疑問。

至於謠言，則是沒有事實根據，或者捏造事實的資訊。例如多年前有傳「衞生巾長蟲」、「炸雞店的雞是無頭只有身的怪物」、「某品牌手機功率會引致腦癌」等。根據一項臺灣大學博士論文研究結論，某些謠言跟大眾生活息息相關，令人感到可信性甚高，「會以『滾雪球』的方式傳播，一傳『千萬』。速度快，影響大。而這種四處流竄的謠言，不僅造成個人的名譽受損、企業的形象破壞，許多的犯罪手法也因而產生。許多公司都曾受網絡謠言傷害付出極大代價。」世界各國、台灣及內地都有不少關謠網，也有些地方有法例管制相關行為，釐清「言論自由」及「為言論負責」之間的界線。香港在這些方面則仍處於落後階段。

推行資訊素養教育刻不容緩

作為教育工作者，我們必須走在前面，敏銳地了解資訊傳播的力量「水能載舟、也能覆舟」。教育下一代如何辨別及過濾資訊，學習「不造謠、不信謠、不傳謠」非常重要。此外，我們亦須以身作則，並教育學生不論在現實或虛擬世界中，都須對自己的言論及行為負責任。

培養年輕人科學素養

陳偉佳

隨著資訊科技蓬勃發展，STEM（科學 Science、科技 Technology、工程 Engineering 及數學 Mathematics）成為全球教育發展大趨勢。新一代要裝備好自己，以應對社會及全球因急速的經濟、科學及科技發展所帶來的轉變、挑戰和機遇。國際經濟合作組織（OECD）現正推行的「教育 2030」大型國際計劃，其中特別指出計算素養、數碼素養及大數據素養是未來世代應有的基本素養，故此推行科學教育絕對是刻不容緩。

年輕人成長於數碼科技時代，互聯網及不同的數碼裝置對他們來說是生活的一部分。互聯網、智能電話、社交平台等新媒體對年輕人來說已經非常適應，而且不可或缺，但這不等同掌握科學知識或素養。香港學生欠缺日常生活中的科學應用，整體科學知識、運算解難、自然世界的研究和理解等綜合能力普遍不足。騰訊主席兼首席執行官馬化騰指出：「在網路與現實融為一體的趨勢下，青少年網路素養對網路的運行秩序、問題解決，甚至對整個社會發展都將產生重大影響……青少年缺乏對科學事業的嚮往和追求，當務之急是在基礎教育層面加強和提高青少年的科學教育，並引導全社會的力量積極參與。」

二十一世紀的學習目標是培養不同情況的解難能力，我們需要一個培育完整科學素養的學習平台。學校作為教育起點，應隨時代轉變作出相應調整，從建立知識基礎的學校課程著手，將固有以教師為中心的學習改為以學生中心，採用線上開放和面向社會媒體的教學模式，替代粉筆及封閉環境；鼓勵自主學習替代教師主導學習過程；推動研究性學習（Project-based learning）和解決問題（Problem solving）為本學習。同時亦鼓勵學校推行與時代接軌的教學範式，例如翻轉教學（Flipped learning），以創新、互動、有效的範式代替傳統保守的方法，融入實境學習元素，包括探知式學習、實驗式手法、動機、實用性、協作學習、靈活適應，使教學體驗達致最大效益。

針對科學素養，學校需加強統整科學、技術、工程和數學科；推動跨學科學習，例如物理、生命、社會和應用科學，將科學、技術、工程和數學集成到一個學習體驗中使用。此外亦要按照基於研究性學習將之強化並在現實世界應用，使課程從解難、發現、探索性學習、主動學習找到現實科技世界解決方案，長遠而言可為學生提供綜合職業發展的「軟技術技能」。

推動科學教育需要學校以及社會各界全力協作。校園內應建立科學學習的基礎設施，裝備成一所科學型的未來學校，使學生在周圍配備充足、設備器材與教材與時並進的科研世界中學習，讓學生在足夠的氛圍下養成學習習慣。此外亦要善用資源，例如教育局的專項撥款、優質教育基金推動教師培訓；更應走出校園和社會及商業機構合作不同的學習計劃。

教師對推動科學素養舉足輕重，學校應鼓勵與支持教師透過參加比賽、聯校分享、專業培訓，以及資助師生海外競賽及交流，使香港年輕人的科學素養在地區上具有競爭能力，加深科學知識，成為與時並進的領航員。

談談培養學生的自制力（之一）

譚張潔凝

教育工作者都會同意學生的良好禮貌和禮儀要從小養成，而良好行為以至品德需要自制力，例如要排隊買飲品，暫時的口渴便須忍一忍。要聆聽老師的講解，一時的疲倦也要努力克服，堅持睜開眼睛，這就是自制力。自制力需要抗拒外在不良的誘因或改變自身的習慣才能逐步培養和堅持，「克己復禮」的「克己」也許也包含了這個意思。我們應培養學生的自制力，讓他們學會自覺地控制自己的情緒，約束自己的行為，令自己的理智不易受環境或情感所左右，從而能正確地作出決定及行動。自制力不但與守禮有關，和責任感的培養也有密切的關係。

自制力之難難在堅持。要一個學生做好人、做好事不難，要堅持「好」卻不易。在學校所見，一開始便立心要做壞人、幹壞事的學生肯定不多，特別是孩童少年，全部都是求上進的。問題是在往後的日子中，有人經不起考驗，逐步退縮，惰性日益嚴重，又或者抵受不住誘惑而誤入歧途。我們老師應教導學生，令他們警覺到生活中的不少錯誤決定、愚蠢行為、與別人的摩擦衝突，以至違規行為、犯罪勾當，往往是因一時衝動，不能好好控制自己的結果。為了培養學生的自制力，不少學校開辦了不同的心理質素訓練課程，例如情緒管理、時間管理、社交技巧、理財原則，以至男女戀愛之道等等，不一而足，就是希望學生的言談舉止、行為操守能合乎禮法，合乎情理。簡單地說，就是做個好人，這正是老師傳道、授業、解惑職責的一大內容。

有專家認為一個人的自制力可以反映這個人的人生目標。從小樹立遠大一點的人生目標，找個偉人或者師長作為自己學習的榜樣，例如歷史上的陶侃堅持搬磚塊來鍛鍊意志、兒童故事中用手指防止堤壩崩潰的小孩等等的例子，都能培養學生的自制力。一個人有目標，行為才會有方向，才會要求自己的言行舉止服從於這個人生目標，才會時刻提醒自己，反省自己，經常去喚起自己的良知與自尊心，從而警惕自己不要有一時的鬆懈及不斷去堅強自己的意志。

培養學生自制力還有一些地方值得談談，下次再續。

談談培養學生的自制力（之二）

譚張潔凝

自制力要從小培養。堅強的意志不能靠衝動，只能在日常生活中一點一滴地積累培養。平常的學習、工作、處事、待人等種種繁瑣小事都是鍛鍊意志的好機會。放學回家不馬上做功課，拖拖拉拉；一覺醒來明明返學時間已到卻還是賴牀不起。做事不是馬上行動，説幹就幹，在日常種種小考驗面前總是疲疲沓沓，未戰先敗，怕苦畏難，逐漸養成軟弱認輸的性格，甚至愛找藉口、諉過於人。長大後到社會工作，面對困難和責任時，這種性格能承擔嗎？恐怕對個人、對家庭都沒有好處。

自制力還須在反省批判中培養。曾見過這樣的一些廣告：「為了吃喝玩樂（類似的項目很多，不一而足），你可以去到幾盡？」這類口號滲透著一種放任自流意識，難怪有人慨歎：古人重視自控、寧靜；今人卻愛隨心、縱情，甚至有現代學者認為慾望不能壓抑，否則會演變成精神病。這些觀點與自制力的培養大相逕庭；長期潛移默化，我們便會變成羅馬哲學家愛比克泰德 Epictetus 在《Discourse》（其弟子編撰的語錄）所形容的那樣：「被慾望拋來擲去，而且不得不臣服於那些滿足其慾望的人。」《論語》謂：「君子役物，小人役於物。」這便是孔子對我們的警誡。如果面對物質以至慾念時欠缺防禦能力，自制力便無從建立，更遑論培養堅強的意志了。

此外，我們還須指導學生如何堅強地面對日常生活的挫折和不如意。因為這就是人生、是社會不可或缺的組成部分，也是鍛鍊我們成長的上佳養料。一個人必須要有勇氣承擔責任、正視失敗、挫折、錯誤，才能顯現出自制力。問題擺在面前，不逃避，不繞道，勇敢面對，俗語有云：「有錯須認，要打便企定」、「硬住頭皮」、「知難而進」等等就是要求我們勇於面對橫逆，迎難而上。現今，我們的學生都是幸福的，有時幸福得太像溫室的花朵，樣樣受到照顧，長期身處無菌狀態，全無抗體，面對困難，骨頭硬不起來，做事欠缺毅力，表現在日常行為上便是慣於放任自己，缺乏自制力，不願承擔責任。

最近報章報道有學校為學生設計課程，讓他們經歷失敗，從而通過解難的過程去鍛鍊其意志。這符合學生成長的需要，值得讚賞，希望類似的關注能滲透到整個學校的環境，多讓學生有承擔責任的機會及以經歷進行學習，而且能得到家長以至社會人士的支持，不讓學生成長的機會被剝奪了。

校園欺凌

徐區懿華

水浸書包事件

家欣和美婷的座位非常靠近，二人非常要好，出雙入對。近日她們卻因小事吵了大架，互不瞅睬。美婷一想起家欣那副冰冷的嘴臉，便會無明火起。為了洩憤，小息時趁家欣不在座位時，把一瓶水倒進家欣的書包裏。家欣非常憤怒，把美婷的書簿文具全掃跌在地上，並去跟老師報告。經過老師調查後，兩個同學都明白了自己做得不對的地方，並互相道歉。雙方的冷戰亦告一段落，再次成為要好的朋友。可是，家欣的家長覺得女兒受到欺負在先，於是找美婷的家長理論，雙方家長各執一詞，在智能手機社交程式上互相指責。最後，二人分別向副校長投訴對方孩子及家長的不是。

「唔好同佢玩！」

美婷的家長跟班中幾個家長屬好朋友，知道上面的事件後，認為家欣的家長「好麻煩」，故此都叫自己的孩子不要跟家欣玩耍。小孩們也有自己的智能手機，也紛紛在社交程式上交換訊息，事件亦越傳越誇張。家欣成為整個班級的公敵，大家為她改花名，更一起發訊息去辱罵她，家欣覺得委屈極了。

「爭執」？「欺凌」？

一般來説，校園欺凌的定義為：(一) 一方強、一方弱；(二) 有持續性；(三) 被欺凌的一方為特定的對象。事件最初的性質是二人的爭執，雙方沒有強弱之分，事件也是單一的。二人能互相道歉、原諒大家，這只是孩子成長路上必然經歷的小爭執。孩子們會在這些小事故中，慢慢學會與其他人的相處之道。然而，後來的發展卻造成了一方強、一方弱的局面，面對聯成一夥的同學，家欣是處於弱勢的一方。她成為了特定對象，而且事件沒完沒了，便變成真正的欺凌事件了。

懷疑孩子被欺凌怎麼辦？

朋友較少的孩子容易成為被欺凌對象。我們要教導並幫助孩子在學校建立社交圈子。孩子在成長中，打打鬧鬧少不免，他們的爭執與成年人世界的不同。我們需要教導孩子明白自己的錯處，並改正過來。此外也應教導孩子不要事事計較，要學會接納和寬恕。但如果事情持續發生，也要教導孩子保護自己，懂得以說話有禮貌地去向對方提出抗議，並尋求周遭同學及老師的協助。有事發生，往往兩個孩子都有一定的責任。我們應鼓勵自己的孩子承擔自己的責任，如認為老師處理不了，可以進一步尋找副校長或校長幫忙。家長切忌與對方家長鬧起來，因為孩子間的爭執一旦變成成年人間的不快，對孩子的成長是百害而無一利的。

（故事主人的名字和故事是虛構的，如有雷同實屬巧合。）

談港人子弟學校

招祥麒

中共中央、國務院近日發表《粵港澳大灣區發展規劃綱要》，其中指出「在廣東建設港澳子弟學校或設立港澳兒童班並提供寄宿服務」。從香港的角度言，將來港澳與廣東九市優勢互補，港人——特別是專業人才在廣東工作的機會增加，為國家深化珠三角區域融合、全面建成國際一流灣區的戰略，作出貢獻。港人子弟學校的建立，正是切合需要的舉措。香港的專業人才如較長的時間在廣東工作，必然考慮攜同家庭成員，方便照顧，其子女的教育問題當為重中之重：（一）子女入讀的學校，在學制、課程上是否能在將來返回香港時「無縫銜接」；（二）學校有否提供寄宿服務；（三）費用是否高昂、能否負擔；（四）學校的辦學質素是否理想？

當然，建立港人子弟學校最簡單的方法是，廣東九市內如廣州、深圳市政府提供土地、校舍，由香港教育局自行或邀請辦學團體營運。然而此舉可行但並不理想，因為涉及太多瑣碎細目，矛盾不好解決。理想的做法是邀請財團參與建校，並與辦學團體合作提供優質教育。財團屬私人機構，有心支持已屬難得，但如果沒有香港及建校所屬地區政府在政策、措施上協助，其顧慮非常大。以下提出一些建議：

一、現時港人在大灣區工作的稅收差額可獲當地政府「補貼」。同理，港人子女在大灣區內讀書如能享有「教育資助」，則大大鼓勵香港人前赴大灣區九市工作。港府可以「學券」方式，通過計算如直資學校收生的「平均成本」資助港人子弟。大灣區是國家的發展策略，在融合的大勢下，香港政府資助港人子弟在香港境外就讀，可規限於大灣區的城市內。這樣可免除有人將這特別安排套用於其他外國就讀的港人子弟，突顯港府在大灣區建設上扮演的重要角色。

二、港人子弟在廣東地區讀書，繼續享有如同在香港就讀的待遇，例如可獲升中派位、報考中學文憑試、參加聯招及免試報考國內大學等。

三、在課程發展上，港人子弟學校可參照香港直資學校模式，除提供以香港中學為主的課程外，開辦應考國際試如 IGCSE、GCE、IB 等課程。

四、港人子弟學校提供的課程，除滿足港人子弟學位外，容許學校拓招部分澳門籍、台籍、外籍及大灣區九市戶籍或暫住戶籍學生。對於學校內的拓招學生，可同樣報考香港中學文憑試，並經非聯招系統報考香港的大學課程。

五、為吸引合資格的香港教師，其在港人子弟學校任教的年資，如返回香港學校繼續任教，將獲承認及計算。

六、關於港人子弟學校的辦學質素，學校除向當地教育部門問責外，也接受香港教育局監督。兩地政府的監管方法，宜參考深圳市羅湖港人子弟學校的做法，以求制度一體化。其他監督的方法亦可參考直資學校「全面評鑑」安排，讓學校自行聘請大學／專家作評鑑。

七、由於建校需時，兩地政府宜協調，容許租地建校及分期付款等措施，並確認時間表和路線圖，積極推動和支持。在財團建校的同時，內地政府提供「臨時校舍」，讓學校早日運作。

以上建議，有些需要打破常規，但「先行先試」，往往產生意想不到的效果！

德育及公民教育

盧偉成

教育局提出學校在推行「德育及公民教育」時，應首要培育學生的「堅毅」、「尊重他人」、「責任感」、「國民身份認同」、「承擔精神」、「關愛」和「誠信」共七項價值觀。筆者十分重視中華文化，因此，在建構「德育及公民教育」之校本課程時，引入合適之中華文言古訓來闡述各項價值觀。

在談到「堅毅」的時候，筆者引入《荀子》之「鍥而捨之，朽木不折；鍥而不捨，金石可鏤」，以及《論語》之「歲寒，然後知松柏之後凋也」。務求孩子知道艱難對品格成長之重要；要達到目的，就要堅持到底，不能輕易放棄。

在談到「尊重他人」時，筆者會引用《論語》之「君子和而不同；小人同而不和」和「君子周而不比，小人比而不周」兩句格言；此外亦引用《道德經》之「夫唯不爭，故天下莫能與之爭」，以及《莊子》之「自其異者視之，肝膽楚越也；自其同者視之，萬物皆一也」兩句說話。教導孩子要尊重他人，和諧共融，不要互相比較；要包容不同之意見；務要團結，不要因為意見不合而分黨結派。

在談到「責任感」時，筆者強調自身的責任，故提出《孟子》之「行有不得者，皆反求諸己」；亦提出《論語》之「吾日三省吾身：為人謀而不忠乎？與朋友交而不信乎？傳不習乎？」；以及提出《道德經》之「勝人者有力，自勝者強」。教導孩子強調自身之責任，多反求諸己，不遷怒別人。

在談到「國民身份認同」時，筆者把概念擴大為「身份認同」，主要原因是身處現今之香港社會，我們實在有很多身份，由子女、學生、香港公民、中國公民，以至世界公民等，都是我們的身份。因此，筆者挑選了《管子》之「以家為家，以鄉為鄉，以國為國，以天下為天下」，以及明朝大儒顧憲成提出之「家事國事天下事，事事關心」，用作引導孩子關心各個層次之生活領域，並思考自己在當中之身份和責任。

在談到「承擔精神」、「關愛」和「誠信」時，筆者分別提出《道德經》之「民之從事，常於幾成而敗之；慎終如始，則無敗事」，《論語》之「己所不欲，勿施於人」，以及《論語》之「人而無信，不知其可也」等名句。

以教授中華文化格言來作「德育及公民教育」之根基，按筆者之經驗，實在是一項很好的嘗試。而在建構價值教育框架時，筆者亦得著很多。

教育的價值

文詩詠

筆者熱愛游泳，有一畫面至今難忘。一位媽媽陪著身高一米不到的小女孩站在泳池邊，小女孩的爸爸則站在泳池裏，正向她伸展著雙手。這對年輕父母十分有耐心地鼓勵女兒，讓她勇敢跳下水裏。小女孩穿著救生衣，胖嘟嘟的身子甚是可愛。膽怯的她幾經猶豫、退縮，最終勇敢地跳下來，爸爸穩穩地接住了她。那一刻，小女孩綻放出的笑容美麗得無與倫比。

教導幼兒勇敢地邁出第一步實屬不易，教育的價值亦體現於此。學校作為培養良好公民和塑造人才的重要場所，重中之重除了為孩子們塑造健康體魄、積極向上的人生觀；更要為他們提供展示潛能、建立自信心的舞台，讓學校成為孩子們獲取底氣和勇氣的來源。

人類的未來，離不開科技的革命性創新。現時世界急速轉變，人們固有的生活模式不斷被顛覆。教育囊括的知識、技能和態度，我們需要考慮未來社會需要甚麼樣的人才？甚麼才是孩子們要具備的東西？要如何教育，才能讓學生從容地面對未來的挑戰和生存？

身處訊息時代，只有努力是不夠的！只有可複製操作的技能是不夠的！盲目地追求知識也是不夠的！人力有限，再努力也比不過機器的二十四小時運轉；知識面再廣，也不及互聯網的資料庫。人類面臨機械人服務時代的降臨，可複製操作的技能，將會被服務型機械人逐漸取代。製造業、酒店餐飲業、交通運輸等等已經開展機械化和人工智能操作。無人駕駛汽車、無人機、自助洗衣店、自助圖書館、無人超市等等已陸續投入服務。

直資人語

「變，才是永恆！」教育需要與時並進，才能讓學生在未來的浪潮中暢游。沒有人可以預計人生的軌跡，但我們可以為教育創造價值，為孩子們的明天著想，為他們爭取資源，學會學習、學會思考；鍛鍊良好的健康體魄、良好的態度和精神面貌，才是培養學生需要具備的。「教育」需為學生提供擴闊視野的機會、鼓勵嘗試的勇氣，才能幫助學生培養信心和毅力，面對及跨越未來每一個挑戰。

小一入學面見：小孩內向怎麼辦？（上）

徐區懿華

每年踏入六月，K2 家長都會十分疲累，要覓得對孩子來說最合適的學校，絕非易事。不但要安排時間出席各校的簡介會，也要按各校不同形式的報名表要求，申報入學資料。唯恐稍有差池，影響入學機會。但最令人崩潰的，就是孩子臨場失準，不能發揮平日的水準。對內向小孩的父母來說，面試更是對父母和孩子的一場巨大考驗，而且一般都可預計結果會未如理想。

小孩天生內向或外向，並不是父母可以控制的因素，也不一定跟遺傳有關。身為三個內向孩子的母親，筆者有第一身感受。熟知學校情況，明白入學面試必須靠孩子自己，「勉強無幸福」。幸而，最後也有合適的學校取錄。孩子太內向，不單入學面試會較輸蝕。如果不處理，將來入學後，學習上、人際關係上較被動亦是預計之內。用合適的方法導引孩子更主動、更合適地表達自己，對他未來各方面的發展有很多的好處。故此育有內向小孩的爸媽，也宜及早主動為孩子提供有利的環境和使用合適的方法，一步一步幫助孩子建立信心，加強主動性。

內向小孩的父母，一般在孩子很小的時候，就會發現他們一些性格特質。例如嬰孩時期只粘著父母或熟悉的家人、非常安靜而不需成人陪伴或時刻離不開成人兩個極端、在幼稚園中不愛跟其他小朋友交往、沒有要好的朋友、不愛跟著大伙兒唱歌跳舞等，以至家裏有客人時顯時不安或哭鬧搗蛋等，都是一些常見的情況。撇除有特殊學習需要的例子，上述情況都可以透過家長積極介入獲得改善的。

嬰孩時期的孩子就需要多接觸不同的人，包括成人和其他嬰孩。到孩子懂得說話，在見親友前，可以在家先教孩子介紹自己。見到親友時，也可不用急著要求孩子叫人，可由父母或請親友介紹自己，再請孩子介紹自己及跟各人打招呼。孩子不一定願意，家長也不需要覺得尷尬或催逼孩子叫人。家長必須有耐心，有些小孩可能一、兩次或幾個月後就願意做，也有些可能要好幾年時間去踏出第一步。這個過程家長如果沒有耐心，急著催迫或責備小朋友，必然弄巧反拙，令孩子更退縮。孩子未準備好，家長若無其事就可以了。

小一入學面見：小孩內向怎麼辦？（下）

徐區懿華

上文提及天生內向的孩子不一定在小一入學面見中輸蝕。只要家長用適當的方法去教導小朋友，他們仍可以在面試中發揮所長。由嬰孩時期開始，主要照顧者用不同的方法去回應小朋友，已經可以有很大的差別。有些內向的小朋友像「含羞草」，可能相對敏感，對大人一些不是太有鼓勵性的回饋會立刻退縮；也有些是「慢熱型」，要慢慢觀察，了解情況，然後才有行動。

對「含羞草」型的小朋友，有些家長會擔心小朋友接受不了批評，而只給予正面回饋。其實這恰恰犯了大忌，因為這只會造就出小朋友「虛假的自信心」。明明他做不到、不能做、不達標，但卻一直獲得稱讚。小朋友自己都知道自己能做甚麼，不能做甚麼，到真正面對挑戰時，就只有不斷逃避，令情況更不理想。

其實要小朋友能面對挑戰，不會那麼容易退縮，最重要是一切都以平常心對待。多參與不同的體驗，汲取經驗，能把考驗變成生活中的一部分。在準備過程中，家長不需要太多提醒，例如要這樣做、要那樣做。這些其實都是家長對孩子的期望和要求，即使完成後，家長甚麼都不說，孩子也會知道自己有沒有達到父母的期望，有沒有讓父母失望。孩子做得很好，用不著很誇張的盛讚，因為當你下一次沒有盛讚時，孩子就會知道自己做得不夠好。當孩子做得不好時，更用不著急於批評；反而多安排參與經驗，事前不用說些甚麼要求，事後不用就著小朋友的表現給予任何回饋。問問孩子好不好玩，最享受哪一部分就最好了。要讚的話，可以讚賞孩子願意盡力嘗試、很投入等，這樣就夠了。每次都是這樣時，孩子不會覺得家長時時刻刻都在評價自己，心情自然會放鬆。在小一面試或日後的考驗中，也習以為常。享受過程，才能表現出自己的實力。

對「慢熱型」的小朋友也一樣。容讓他們一些觀察的時間和空間非常重要。近日有一項調查，顯示家長最常用的口頭禪為「快啲啦！」在生活節奏急促的社會中，我們都會不自覺地催促孩子。這也是令小朋友失去信心的重要原因。如能在日常生活中多給孩子空間，讓他們一步一步去適應社會節奏，相信他們定能更從容不逼地去面對各項挑戰。

小一面試只是人生眾多考驗中之一，因家長太緊張小一面試而不自覺地影響了孩子的性格發展，反令他們更難面對日後人生中的考驗，得不償失呢！

我們為孩子做了足夠的準備嗎？

羅慶琮

上世紀末，很多教育家指出，我們的學生將會生活在一個複雜多變的後現代社會，我們必須改革對他們的教育，使學生有所準備。進入二十一世紀差不多二十年了，不論從宏觀世界出現的黑天鵝、灰犀牛，到現實生活的職場變化與人際關係，都反映出當年預見不虛。我個人認為，即使在教育制度上沒有重大的改革，為了孩子，我們也可以在學校生態上做點工作。

首先，當前世界資訊爆炸，假的、以偏概全的，以至利用不當的比較，引導讀者作出錯誤結論的資訊比比皆是。我們要幫助學生提高分辨能力。個人認為，現有的批判性思維訓練層次相當低，有如讓學生在淺水風平浪靜的環境學游泳，出到社會在大海中容易被淹沒。學校可以見縫插針的加強學生對社會及傳媒資訊的分析和汲取能力，提高他們的免疫力。

邁克爾•富倫（Michael Fullan）曾説，多樣性是黃金。依照這個原理，學校有不同類型不同風格的老師，對學生很有好處。有一次有個家長投訴，她兒子的班主任管教得特別嚴格，孩子不高興。我告訴她，這是你兒子的福氣，我們的老師一般很寬容，難得遇到一個嚴師。如果設想她的孩子在學校十二年，都是由同一類型的老師培養，他的成長會太過單一，不能適應複雜多樣的社會。當然學校要有統一的文化，但也有不同性格和專長的老師，為學生將會在社會遇到不同特點的人做好準備。同樣，讓孩子有機會和不同專長、性格、文化背景、家庭背景的同學共同成長，可以為他們能在多元社會或不同的國家生活打下基礎。我曾收錄一些其他民族的學生，由於不同的文化背景，讓孩子們自小就有多樣化的朋友，幫助他們成為既掌握自己文化，又尊重其他文化的世界公民。

由於社會複雜多變，我們下一代將會遇到較多的波折，成功與失敗會互相交替。相反，學生在學校的經歷比較單純，成功的學生往往一直成功，而失敗的學生往往不斷失敗。最可惜的是有些「學霸」在社會遇到挫折，往往失落而放棄。我們培養學生應該好像練馬師訓練馬匹一樣，根據不同學生不同的特點在不同的領域在不同的時候給予不同的鞭策和鼓勵，使他們遇到不同的波折，在波折的成功與失敗中成長，使之勝不驕，敗不餒，培養出堅毅精神。

教育政策、教育制度和課程設置等頂層設計當然重要，但是每間學校的生態也很重要。我覺得每間學校都可以改善自己的生態，為孩子能在動盪多變的世界安然生存。

從中華文化看「通識」

盧偉成

按字面解釋，「通識」一詞有兩層意思：一是「識」，二是「通」。

「識」，即是充份了解——不是一知半解，不是道聽塗說，不人云亦云。「通」，即是看得通透，看清全局，看見事件與事件之間的關係、互動和發展——而非只看見樹木，不看見森林。

孟子說：「博學而詳說之，將以反說約也。」孟子的說話對何謂「識」、何謂「通」具啟示的作用。

簡單而言，我們可以把「識」視作「博學」——是全面認識一件事情，而不是「管中窺豹，只見一斑」。

要做到「識」，實在不是一件容易的事情，是需要毅力和勇氣的。

舉個例說：時至今日，不少人看文章的習慣都是只留意標題而不看內容。對他們來說，要讀一整篇文章，實在吃力。難怪孔子說：「好學近乎知。」好學本身就是一種毅力的表現。

在「社會化」的過程中，每個人都會建立起個人的信念；而當個人信念受到其他信念衝擊時，人的內心便會感到不安。要面對這種不安，實在需要勇氣。缺乏勇氣來面對衝擊，一個人只會變得封閉，聽不進不同的聲音。

要看得「通」，須要以「系統思維」來作思考。首先要抽絲剝繭，把相關的人、物、事都找出來，然後梳理當中彼此的關係與互動，直至弄清全幅圖畫、看穿整個格局、能推敲事情日後的發展為止——所謂「一葉知秋」或「見之以細，觀化遠也」，便是這個意思了。

怎樣才算做到「通」呢？孟子提出了兩個很好的標準，一是「詳說之」，二是「反說約」——即是能詳述所知，也能深入淺出地把所知的說出來。

道家的列子也有類似的說法：列子學習射藝，一箭射中了目標，便問關尹子自己做得如何？關尹子反問他：「子知子之所以中者乎？」（意思是：你知道自己為何能射中目標嗎？）列子起初並不知道，但苦練數年之後，他終於明白了。關尹子於是說：「可矣，守而勿失也。非獨射也，為國與身亦皆如之。」（意思是：你現在可以了，你已學會並能守住所學。不但學習射藝要如此，學習治國和修身也要如此。）

明末清初的王夫之對「通識」下了一個很好的定義。他說：「經國之遠圖，存乎通識。」又說：「通識者，通乎事之所由始，弊之所由生，害之所由去，利之所由成。可以廣思，可以利宜，可以止姦，可以裕國，而無不允。」王夫之認為管治一處地方，要它長治久安，管治者必須是一個「通識者」。「通識者」知道事情的根源、利弊、如何減少弊病、發揮所長；又能做到集思廣益，抑止惡行，令地方富裕，令社會公平、公正和公義。

看看，原來在中華文化中竟隱藏著通識教育之元素呢！

得語文得天下？

羅慶琮

最近，中國宣布將會進行一系列的教育改革，其中高中統考的改革引起廣泛關注。今後，考試範圍包括小學和初中的內容，沒有考試大綱，著重學生廣泛的知識，不要難題偏題，但是各科都結合實際。試題閱讀量增加，要求學生自小廣泛閱讀，各科對語文要求增加，同時數學科題目難度減低，英語科可以補考。因此有人說：得語文得天下。

這個改革，是回應中國人力要求的改變。中國工業轉型，要求更多能創新的人才，要求他們在自己工作環境中終生學習，甚至不斷轉行。在過程中，閱讀能力非常重要。其實，這個現象在香港已經出現。最近我家冷氣機壞了，找人換雪種。這個師傅很有意思，以前在大陸做司機，來到香港後做過司機，也做過修車。後來他學電工，考了電工牌，他的修理冷氣知識是自己從網上學來的。他要閱讀各類型號冷氣機的修理手冊，掌握不同冷氣機的特點。同樣，我的女兒在一間顧問公司工作，日常工作是閱讀海量的專業文件，很多是本來不熟悉的，卻要用很短的時間消化，然後要用很貼地易懂的語言向客戶介紹。可不是嗎？我們日常生活都要接觸大量的資訊，去偽存真，綜合歸納，不斷提高自己的認識。不論你做哪一行，學滿師走天下，一部通書讀到老，是不行的了。

國內的教育改革其實是要提高學生的學養，要求學生自小要閱讀大量的書籍。香港多年前就推行「廣泛閱讀計劃」，很多學校都有很好的部署，鼓勵學生看書。香港學生閱讀能力也有改善。然而，如何使閱讀成為學生一個習慣，使大部分學生能持久的從課本以外汲取知識？我有一個朋友做過研究，大部分小學生記不起兩個星期內閱讀書本的名稱和內容。他們為了做功課，填寫了工作紙，但沒有認真看過那本書，為甚麼？很多說書的內容太深，看不懂。其實，掌握閱讀能力要一些認知和元認知的能力，例如從閱讀認字、聯想力、成像力、推理力等等，安排方面還要有系統的從現有知識和能力構建新的知識和能力。我想教育局除了提供閱讀資源之外，還應該有如何系統的讓學生掌握各科閱讀能力的方針、指引、教師培訓和評估。

中國教育改革的其中一個目標，是各級學生將過份練習的時間轉到閱讀課外書。我希望有一天，我們大部分學生有空時，不是去做補充練習或是去打機，而是自動自覺的看書，從中尋找自己的樂趣。

復和之路何其漫長

徐區懿華

執筆寫這篇文章，感到心情十分沉重。

香港回歸以來，香港市民積累了的不滿和恐懼，在過去幾個月一下子全爆發出來。不管大家心裏所相信的是否理性，但個人的感覺總是最真實的，情緒也是出自內心，揮之不去。由個人所相信的，引發的感受和情緒，變成集體的共同信念，就如宗教一樣，成為一股龐大的力量。信念相同的人，與另一批信念相同的人，互相排斥，互相敵視，矛盾愈演愈烈。這當中容不下中立，容不下向前望的一群。過去幾個月，每個人都感到無比沮喪，每個人都是輸家。

人生之中，總會遇上身邊的人為個人觀點爭論不休的境況。而每次都總是「公說公有理、婆說婆有理」。旁人看去其實也是各有各道理，也可能各有各的不是。大多數人在生活中都會學會一個道理，就是「永遠不要跟憤怒的人爭論」，因為憤怒會埋沒一個人的理性，任何道理都聽不入耳。眼見多少國家地區因爭論演變成武裝衝突，人們長期活在恐懼中，我們大概誰都不想看見香港變成這樣的一個地方吧。然而，當爭吵不斷，誰也不願停下來，復和幾乎變得不可能。

其實，除了耐心等待外，我們一般社會大眾還是可以幫得上忙的。以下是一些建議：

一、不再轉發會引起爭論的訊息：在群組中或好友之間，停止轉發訊息可以令氣氛冷靜下來。況且，訊息太多而且無從考證，停止轉發也避免自己成為傳謠言的幫兇。

二、尊重差異，和而不同，不嘗試説服意見不同的對方：同一件事，每個人的觀點有不同是很平常的事。接受人與人之間對事物有不同的想法，而不同想法並不一定要影響彼此間的關係及友誼。不要強迫對方認同自己的觀點，也不要因觀點不同而犧牲寶貴的友誼。

三、積極向前看，找出彼此共同點，努力復和：爭論總有結束的一天，即使這一天尚未來到，我們都可以積極準備。千古不變的定律，人類總是在追求更高的道德標準，以及人人安居樂業。努力朝這些方向去建設社會，去為下一代的幸福奮鬥總沒錯。

這段期間，很多過去大家共同肯定的道德標準及價值觀都被一一打破了。讓教育界以及社會各界攜手努力，突破爭論與憤恨，為建設未來多想想吧！

再思《與成功有約》

鄭建德

暑假期間再看柯維所著《與成功有約》。在社會紛擾的背景下再看這本書，我期待以此書所闡述的「成功」智慧，為香港找出路。所以，這篇文章不是甚麼閱讀報告，而是我給特區政府的諫言。

從柯維家孩子向高效能父親致敬的序言中，得知柯維先生終其一生，「曾與三十一位國家元首會面，其中包括四位美國總統」，我在想像假如他仍然在生，受邀與林鄭月娥特首會面，他會以哪些成功習慣向她進言？我推想「以終為始」和「知彼解己」是當前特首最需要了解到的。

面對現時的社會運動情況，中央政府定下「止暴制亂」為目標，所使用的手段必然是快速且強而有力的，所引起的迴響就是更「暴」更「亂」，惡性循環，這就是目下香港的情況。反過來如果所定下的目標是官民、警民、市民之間大和解，所用的手段就會完全兩樣。正如馬丁路得金的名言：「黑暗不能驅散黑暗，唯有光可以；仇恨不能戰勝仇恨，唯有愛可以。」我相信現時只有以「大和解」為終，並且義無反顧地向著這目標進發，美好的願景才會出現。

雙贏思維、知彼解己、統合綜效都是促成「公眾的成功」的三個習慣，對特區政府來說都是很重要的提醒；特別是「止暴制亂」和「攬炒」都與雙贏思維背道而馳。目前特首與市民已展開對話，能否有所成效端視特首有否「知彼解己」的思維。正如柯維引述美國作家馬克吐溫的話：「讓我們陷入困境的不是無知，而是看似正確的謬誤論斷。」

「知彼解己」以知彼先行。過往政府過於依賴建制派，在施政上疏於聆聽及諮詢反對的意見，「親疏有別」思維主導行政立法關係，票數足夠就硬推。這些情況都是今天社會不穩的遠因。若我們相信人際互賴，在「少數服從多數，多數照顧少數」的民主原則帶領下，今天的亂象應可避免。特區政府要願意聆聽，也要懂得聆聽，因為「兼聽則明，偏聽則暗」，在兩極紛擾的聲音中理出主流意見，找到反對原因，才能順著主流民意，兼顧反對者的關注，做到政通人和。

這是我所愛的香港，以上所闡述都是我期盼的願景。

中國教育現代化 2035

林建華

筆者早前往國內進行教育交流，了解到中國未來教育的重大發展規劃，現就了解所得簡單闡述如下。鄧小平先生於一九八三年十月一日於北京景山學校題詞：「教育要面向現代化、面向世界、面向未來。」當時也只是一句口號。國家主席習近平先生亦提出「中國夢」、「中國製造 2025」等發展宏圖。國家亦提出中國發展的未來願景，包括「二零二零年基本實現教育現代化」、「2021 年中國全面進入小康社會」、「2049 年中國建設成為社會主義現代化國家」。為了配合這些偉大目標，二零一八年九月十日至十一日，中國舉行了全國教育大會，主題為「教育現代化」。經過整理及論證，國務院於二零一九年二月發表了兩份教育現代化的重要文件，包括《加快推進教育現代化實施方案 2018-2022 年》及《中國教育現代化 2035》。

有關中國《教育現代化 2035》（簡稱文件）詳細闡述了五個部分，包括戰略背景、總體思路、戰略任務、實施路徑、保障措施；提出六個方面，包括教育理念、體系、制度、內容、方法及治理；四個水平維度的提升，包括普及、質量、公平、結構。原來中國已於二零一七年在學前教育、小學及初中、高中、高等教育方面的毛入學率已達到世界中高收入國家的水平，居世界中上，最終是把教育支出佔全國 GDP 的比重達到 4.07% 至 4.25% 的目標！

在具體重點工作方面，文件提出以下十項任務：（一）訂定「立德樹人」的育人目標：主要是針對學生的理想信念、愛國情懷、道德修養、知識見識、奮鬥精神、綜合素質等培養；（二）推進普及教育方面：著重優化基礎教育，普及學前、小學及初中及高中教育；（三）職業教育方面：提出產教融合及校企合作；（四）高等教育方面：提出建設一流大學及本科專業、提高研究生教育水平、建立國家研究室；（五）

教師隊伍方面：提出師德師風、教學質量、教師管理、保障工資待遇；（六）教育訊息化方面：針對新型教學模式及「互聯網及+教育」的推行；（七）中西部教育發展方面：針對扶貧政策、鄉村振興戰略教育行動、普及基礎教育及高等教育的落實；（八）創新試驗方面：推行區域教育合作，例如深化粵港澳教育合作交流、長三角教育協作、海南教育創新發展等；（九）「一帶一路」教育合作方面：包括共建平台、培養高層次國際化人才、優化孔子學院區域佈局及建設、加大漢語國際教育等；（十）深化重點領域改革：例如改革招生考試制度、民辦教育管理、簡政放權、建立終身學習制度體糸等。

這些重要教育文件具有前瞻性指導作用、細緻規劃未來國家教育發展藍圖。教育現代化是建設現代化強國的基礎工程，把教育現代化放在優先位置，才能實現國家現代化的鴻圖。

我錯了！

徐區懿華

傳媒報道：「今天屯門法院判處兩名十五及十七歲的學生須為破壞輕鐵的行為賠償二十八萬元維修費，另須還押等候判刑。由於二人仍在求學階段，相關費用須由父母承擔。」讀到這段新聞，深感惋惜。不知二人可有想過，是為了甚麼賠上了自己的前程，又讓父母承擔一筆為數不少的債務。值得嗎？每個人都要為自己的決定和行為承擔責任，因此我們作出決定時必須審慎和多想幾步。然而，年輕人「一時衝動」或許準確點「經常衝動」是常態。故此，有豐富生活經驗的成年人在旁勸導及提點，非常重要。

分享一件真人真事，一件小事；或許，它也是一件大事。

筆者小時候也跟許多年輕人一樣，一腔熱血，充滿正義感而又不懂世情。幸而碰上良師，曉以大義，從小建立了正確的價值觀。時值剛升上中學，中一學生一名，十二歲左右。一天，因一些自認為正義的行動反而被同學指責，深感憤怒，就在操場上揮拳打向那位同學。也沒有打要害的地方，只是近肩膀的位置。也許，我的手比她的肩膀更傷。那位同學哭着跑開，剩下我一人站在操場上不知所措。當時我和對方的對話內容、對方的表情及自己的心情仍歷歷在目。發洩完了，同時也闖下了大禍。心中怒氣未消，但也意會到這下不好了，開始害怕。在憤怒、慌張和害怕的情緒下，我去到了從未踏足的輔導處，見到一位從不認識的輔導老師，向她告白了自己做了的事，尋求協助。老師氣定神閒，沒有急著安慰我，也當然沒有把我痛斥一頓。她說：「你當眾打了人，要當眾跟對方道歉嗎？」簡單一句，直接道出：（一）做錯了；（二）可以補救的話要盡量去做；（三）我會幫你，但你有錯要認。輾轉事件到了最後，我與被打的同學一同去見校長，校長問明了前因後果，責罵了我們十五分鐘。然而，當中大部分分時間都在說被打的同學不應指責我，因我的出發點和打人之前所做的事都是對的。然後，最後她跟我說：「本來打人是要記小過的，但這件事不是因你而起，只記兩個缺點吧（一個小過本來是三個缺點）！」心裏沒有半點怨懟，因為的確犯了錯，就應該要承擔後果。

為何這可能是一件大事？因為，換著是發生在今天，以今天的香港教育，那個「我」可能已跑了上天台，而不是去了輔導處。然後一班成年人為著不要刺激我，再也不會追究，更別說教我正確的價值觀。還有，我出發點明明是對的，校長也說是對方錯，為何還要記缺點？家長肯定要投訴了，搞不好還要驚動教育局及記者呢！

第三章 創意：課程、科目、活動

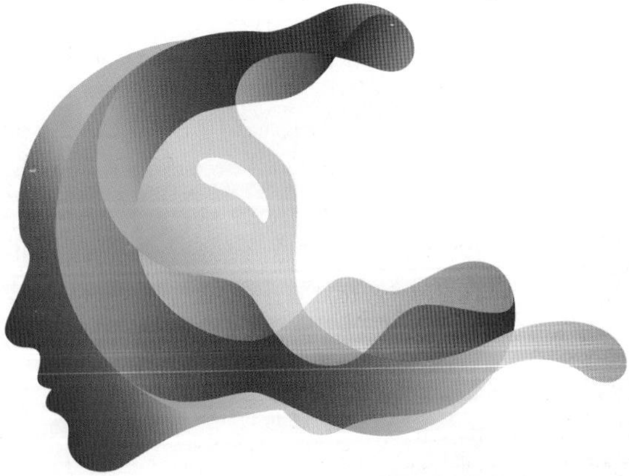

課程檢討的意見

招祥麒

教育局課程檢討專責小組發表《諮詢文件》，就六個方向（全人發展、價值觀教育、創造空間和照顧學生多樣性、應用學習、大學收生及 STEM 教育）作出初步的具體建議，進行諮詢。筆者提出四點意見：

一、儒家文化對中國文明的發展影響和貢獻都極大，其中有一套「經權」觀念。「經權」指「經常」和「權變」兩者。為人臣者盡忠，為人子者盡孝，這是「經」，但當君不君的時候，為臣的還要「助紂為虐」嗎？當父不父的時候，為人子者還要「言聽計從」嗎？那時候就需要「行權」（適當的運用權宜變通）了。《諮詢文件》第三章「初步建議」中的「全人發展」、「價值觀教育」部分，便是以上所講的「經」，放諸四海而皆準、任何時間都適用的策略。二零一九年提出，適用；二零三九年提出，也適用，這是「優點」，也就是「缺點」所在。我們要問，專責小組提出課程檢討，自然是有改革當前現況的必要。針對當前的問題，小組有否作出「權變」的「非常建議」，似乎未見。

二、《諮詢文件》3.3.2 第 iv 點指出：「中華文化源遠流長，中國文學作品和文言經典是文化瑰寶。我們認為有需要盡早由小學階段開始，培養學生欣賞中國文學作品和文言經典的能力，然後在中學階段逐步加強這方面的培育，從而打好語文基礎，提升學習興趣。」然而現時小學的教科書，多是由出版社編輯按指引寫作而成，水準之低實不忍卒睹。建議教育局課程發展處成立小組，精選文言和白話而被公認的「經典」作範文，引入課程中，讓學生在記憶力最強、可塑性最大的時候精讀，起潛移默化之效。此外，挑選適合學生程度的「詩歌」和「格言」，讓學生口誦心惟，這不單改善語文基礎，甚且對培養學生對祖國的民族文化情感，都有極大的好處。

當前的語文教學，仍然維持以語文作為「工具性」為主。香港的孩子以此目標學習外語，無可厚非；假如以此學習本國語文，方向上便「大錯特錯」。中國語文的形成和發展，文字在形、音、義的表象背後，承傳著鉅大而深厚的文化底蘊與道德價值，現在的教育取態，以「教授英語」的方法教授「國文」，實在是捨本逐末的做法。

三、基於以上第二點的論述，《諮詢文件》3.3.2 第 iii 點指出：「至於中國語文科，可以探索公開考試的聆聽和/或說話部分，以及校本評核的實施是否可 以修訂或減少以創造空間。」香港的公開試有「指揮棒」的作用，教師要幫助學生應考「聆聽」和「說話」部分，便需撥出時間教導學生，並操練一定的「套路」。經驗說明，提升語文能力最有效的方法，是「閱讀」（特別是大量閱讀）和「寫作」兩者。請小組留意「修訂或減少以創造空間」的真正意義，是騰出空間，以讓教師多集中於「閱讀」和「寫作」的教與學，而非縮減中國語文的教學時間/節數，否則在當前學生語文水平日下的情況下，只會是「落井下石」之舉。

四、最大爭議的通識教育科，我們同意「為通識教育科訂定更詳細的大綱，清晰訂明內容要求，以確保學生學習的質量。」此外，教育局宜就通識科的教學方法，提供優質的教學指引。例如學生角色扮演後，教師如何指導，如何引導學生跳出角色，培養「容納異見的胸襟」；不然，學生沉醉於「為反而反」的角色而不能抽身，更在日常生活中表現出來，後果堪虞。

課程檢討諮詢

林建華

在二零一七年，特首於《施政報告》中提出要對學校課程進行研究，並為此設立了專責小組（簡稱小組），專責小組因此就四方面進行檢視，包括（一）檢視中小學課程如何切合二十一世紀的社會需要及挑戰；（二）研究如何滿足不同學習能力學生的興趣；（三）課程如何充份促進學生的全人發展；（四）中、小學課程如何結合學習。經過十八個月的探討，小組於最近以下六方面提出建議，有關諮詢將於二零一九年九月十六日結束。

一、全人發展方面：小組重申德、智、體、群、美五育平衡發展的重要性，並強調要讓學校管理者的重視，亦建議可透過工作坊讓學校高層管理人員的參與。小組認為小學實行全日制更有利體育及餘暇教育以發展學生興趣，特別是透過全方位學習津貼以策劃活動。

二、價值觀教育方面：小組強調須加強生命教育及生涯規劃教育，以協助學生提升抗逆能力、責任感及德育，包括尊重別人、社會及國家；並建議把生涯規劃教育擴展到小學及初中，特別要重視正面價值觀的培養。

三、在高中課程及評估方面：小組認為中文、英文、數學、通識四個核心科目仍要保留，以發展學生解難能力以應付未來的挑戰，並建議削減高中這四個主修科目的內容，但不能破壞課程的完整性。此外讓學生可增加的選修科及進行參加其他學習經歷，尤其在數學及通識兩科可劃分為基礎及延伸課程學生。學生如果只完成基礎課程，則最高可獲四級評分，例如學生可選擇不提交通識科的獨立專題研究，他們最高亦只可獲評四級成績。小組亦建議可減少在中文及英文兩科的考卷數目及校本評核，他們強調這四科主修科目要照顧學生學習能力的差異。

四、應用學習及職業專才教育方面：小組建議應用學習可作為其中一科選修科，讓學校管理層、教師、家長了解應用學習及職業專才科目的作用。這些科目能提升學生的學習興趣及能力，並讓學生在中四也開始選修，呼籲大學也要認可學生在應用學習科目的成績。

五、大學收生方面：建議增加大學錄取的彈性以培養學生的多元化才能，並參考學生的學習概覽及其他學習經歷表現。此外亦提出「校長推薦 2.0 錄取計劃」方案，以面試表現及非學業成就、社會服務等元素來錄取學生。

六、科學、科技、工程、數學（STEM）教育方面：小組建議要發展學生這方面的能力、應用知識及技能去解決日常問題，強調這四方面的統整而不是分割。小組特別強調在學生培訓及輔導方面以發展他們 STEM 方面的思維及技能，同時建立學校文化。此外亦要增加對學校的支援，例如提供有關學習架構及課程指引以加強校長及教師的專業培訓，並設立 STEM 協調主任，增設 STEM 資源中心等。

綜合工作小組的報告，筆者認為小組雖然提出了一些具體建議，但在很多方面還是著墨不多，例如在學生的全人發展及價值觀教育方面都沒有甚麼具體的建議，而這方面更是課程架構的薄弱環節。在高中四個主修課程方面，通識科更引起社會人士不少爭議，他們認為通識科缺乏教材內容，通識科老師都是從大眾媒體中選取教材作施教，而大眾傳媒中有很多不盡不實的扭曲偏見，可說是釀成今天很多青少年學生是非黑白不分，缺乏獨立思維能力，養成為了批判而批判，為了反對而反對的偏激思維。工作小組均未能在這幾方面提出具體及建設性的意見，還把有關課程及科目改革的責任拋回給各科目課程委員會再探討。由於這份課程檢討不夠全面，相信未來十年在這種課程框架培育下的青少年，對社會的偏激意見及負面思維更會加深，肯定非社會之福！

課程檢討與校本評核

黃廣威

學校課程檢討專責小組在六月底發表了第一份諮詢文件，內容涉及全人教育、價值觀教育、創造空間和照顧學生多樣性、應用學習、大學收生和 STEM 教育六大方面，但在考評改革，特別是在推行新高中文憑試時引入而引起頗多討論的校本評核，在今次之課程檢討諮詢文件中，卻絲毫未有著墨。

其實在新高中文憑課程推出之初，校本評核確是引來教育界人士及一眾家長很大的期待。因為在宣傳推行校本評核之時，教育局不時用上「不用一試定生死」、「平時學校功課佔一定分數比重」及「更加準確的形成式延續評估」等字句。可惜，最後推出時事與願違，與當初宣傳時的校本評核理念大相逕庭，結果引來不少持份者的口誅筆伐與業界之劣評，包括佔文憑試分數比重太少而失去校本評核本意、用筆試成績作為調整校與校之校本評核分數而引起之不公，以及各科均推行校本評核而引起之能力考核重疊及考生時間上無法負荷等問題。雖然有關當局在近幾年已大幅修訂校本評核之考核模式及評核安排，但在非由中央在整體文憑試考試機制下統一作調控，只由個別學科委員會中作小規模自主調整，結果演變成一非驢非馬，與當初校本評核之原本理念及目標相去千萬里之一個特有產物。

校本評核在不少國際性考試中都發揮著關鍵作用，但在香港推行上卻出現非常特殊的情況。校本評核在評估技術上的合理性，相對來說是比較容易發展和促進，但一個有效的校本評核應該包括增加公平的測試過程和公眾對該校本評核測試過程的信心。另一方面，從不少地區推行校本評核中所得出的經驗，實施過程的關鍵問題必須要得到關注和有解決方案，才能有成功推廣的機會。這些關鍵問題包括教師和學生的工作量增加、社會各階層的持份者對學校執行校本評核流程的信心、學校及教師對校本評核的本質認同，以及執行上技術的掌握與資源配套的配合支援等。這都在不少研究文獻上有提及與結論建議，可惜校本評核的掌舵人沒有汲取前人經驗和教訓，最終只得一個「落雨收柴」的結局。我們非常期待學校課程檢討專責小組能在下一階段在這方面抽時間關注未來的發展，因為真不願意再見到同學們用校本評核的工作量，作為他們在高中選科時的其中一個指標。

成長學習周

招祥麒

我校自二零零九年開始設定「成長學習周」，讓中一至中五級的學生七百多人利用三至五天的時間一齊離開校園，離開香港，進行各式各樣的培訓活動，既配合學校培養青年領袖人才的願景，也讓學生實踐課堂所學。

中一級的軍訓，我們多選擇在國內如黃埔青少年軍校進行，也有在本地邀請駐港解放軍指導。軍人生活講求紀律，連走路、列隊、步操、吃飯、臥鋪整理等都有嚴格要求。「給我一個學員，還你一個軍人」的宣傳雖然有點誇張，但「合理的要求是訓練，不合理的要求是磨練」確有道理。不少學生在結業禮上表現，真令人有脱胎換骨之感。

對中二級學生的培訓，我們曾選擇讓學生接受農務勞動技術教育，也曾代之以交流考察，很視乎聯繫的結果和地點限制。農務勞動和生活技能體驗對學生很有好處。鋤地、除草、挑水等相對輕鬆的勞動，對於長期生活在城市的學生，考驗不少。至於生活技能實踐活動，例如在仿真的煙霧環境中學習摸索逃生及製作生態瓶等，都切合生活需要而富於趣味。

中三級的學生參加歷奇活動。活動需要群體在小組討論中策劃，並在團結合作下完成。團隊從簡單到稍複雜再到較複雜的活動中，體會團隊精神的重要。無論只是講求齊心，還是要講求策略的活動，都可以發揮學生的領袖才能。

中四級的學生多進行考察活動，過去的時間，包括上海、杭州、四川、南京、武漢、台灣等地。上海的經濟發展、杭州的優悠生活、四川的災後重建、南京的文化底蘊、武漢的交通樞紐、台灣的教育狀況等，學生都實地參觀體會了。還有登上黃山高立雲霧之間的空靈，處身三峽大壩橫江截流的雄奇，不知塑造了多少心靈的夢想？

中五級的同學由於準備應戰中學文憑試，學校多舉辦「誓師營」，加強他們的信心和鬥志。「個人成功不算真正的成功，集體成功才是真正的成功。」成績稍遜的務求迎頭趕上，成績優秀的要扶持弱者。學校過往的學業增值指標非常高，於此不無關係。

推動「成長學習周」，開始時的確很困難，顧慮也多，諸如路線設定、安全考量、人力分配、事前課程設計、事後檢討匯報、學生分享心得，以至於留校學生的照顧等等。經過多年的實踐，行政上已越來越暢順，學生的得益亦明顯。

具前瞻性的科學講座

招祥麒

直資議會為了慶祝香港回歸祖國二十周年，近日舉辦了一個大型的科學講座。講座的主講嘉賓是人工智能權威學者、現任中聯辦副主任譚鐵牛院士。

譚院士調職中聯辦之前，是中國科學院的副院長，主要從事影像處理、電腦視覺和模式識別等人工智能領域的研究，擁有多個學術銜頭。他是中國科學院院士、英國皇家工程院外籍院士（該院在評價他的工作時稱：譚鐵牛是模式識別領域的國際頂尖學者，他的學術貢獻為其所在學科領域的可持續發展打下了基礎，其科研成果在許多重要的領域得到了實際工程應用）、發展中國家科學院（TWAS）院士，以及巴西科學院外籍院士，也是英國多所大學的名譽博士。

中國科學院是中國自然科學最高學術機構、科學技術最高諮詢機構、自然科學與高技術綜合研究發展中心。譚院士能成為副院長，面對近七萬職工、在學研究生超過五萬人的龐大組織，除本身具有崇高的學術地位外，他的人事管理和組織能力自然也相當了得。

這次講座假拔萃女書院舉行，來自四十五間中學，三十多位校長與六百位師生出席。譚院士以「科技發展與未來社會」為題，圍繞科學與技術的內涵和關係、世界科技發展的歷史進程、世界科技發展新態勢及未來社會展望四個方面作了系統的介紹。出席者固然以高中學生為主，但隨隊的老師及有興趣而來的校長亦多，這構成演說者的一個難點——如何充份照顧知識層面差異頗大的聽眾。然而，譚院士準備充足，資料豐富，通過大量照片、分析圖表、錄像，以至電影選段，深入淺出，發人深省，說話時徐疾有度，聲調抑揚，語言幽默風趣，吸引力自然大增。筆者觀察到，在場的每一人都是凝神貫注的。演講部分結束，筆者主持問答環節，原先的設計是派發「問題紙」以方便不善於在眾人面前表達的人士。開始時，筆者試問台下有否即場發問，結果是舉手者眾，為了照顧全場，當譚院士回應第一個問題以後，筆者只能按前後左右中逐區的讓同學發問；其間工作人員又陸續送上問題紙，情況非常熱烈。常言道：善學不如善問，不要小看高中學生的科學知識，他們發出的問題也令譚院士讚嘆；其中一位女同學發問後，譚院士竟説她頗有女特首的識見。

最後，譚院士指出：科技的發展將使未來社會更加綠色、更加健康、更加智慧、更加安全、更加便捷。他鼓勵同學留意科技發展對未來社會的影響，及早認識，對將來升學和就業都有助益。

總的來説，這是一個具前瞻性的科學講座，理論與實踐兼備。「知識就是力量，科技決定未來（The more scientific knowledge you possess, the more competitive you will become）」譚院士這樣總結發言。香港學界正積極推動 STEM 教育，筆者期待更多像譚院士的權威學者，能推動科學普及的工作，引領潮流，讓莘莘學子受惠！

推展 STEM 教育——暑期海外航空課程

陳狄安

近年，STEM（科學、科技、工程及數學）教育的發展成為國際教育發展的熱話，本港教育界亦展開 STEM 教育的推展與討論，教育局亦實施了各種 STEM 教育的實踐項目，藉以提升本港學生對科學及科技學習的興趣及素質，為香港科研探究的領域培育人才。

香港的中、小學在這方面亦配合當局的政策，嘗試引入不同的學習活動、實踐、遊戲、展覽、嘉年華、境內外交流以及不同程度的比賽，讓學生嘗試發掘自己的興趣及潛能。事實上，要讓學生能夠發展對科學及科技的興趣，真正的愛上這門知識及技能，我們必須要為學生提供更多樣化的學習經歷。這讓他們有更多的機會自己動手嘗試、失敗、再嘗試，從中認識自己，為自己建立更清晰的學習目標，而非單單的坐在教室接受單向的理論空談。要讓學生們由心而發，學校便要為他們追求新知、不斷創新提供更多的動力，引發他們的好奇心，鼓勵他們從自己的興趣開始。

自二零一五年開始，直資議會和澳洲新南威爾斯大學（University of New South Wales, UNSW）就為高中學生合辦一項為期兩周的航空課程，可說是 STEM 教育實踐的良好經驗。透過參與這個航空課程，學生得以深入了解航空事業，體驗當一個飛機師的正規學習與訓練，學習相關的飛行的理論。在這兩周中，學生會在 UNSW 位於澳洲悉尼 Bankstown 校園（機場）裏接受由大學教授、講師及訓練員負責的飛行理論及實踐課程。在理論課上，學生除了學習基本飛機知識外，更需要應用平日在學校課堂上學習的物理理論、數學及地理知識，包括流體力學、座標定向、高度和風速對飛行的影響及地圖閱讀等。在理論課以外，學生們最期待的就是在實踐操作課。學生將有機會在飛行訓練員的輔導下操控及駕駛小型飛機

（Diamond 40 型號），學習在地面及跑道滑行、升空、降落及在空中等不同的飛行操作，並有機會親自與航空控制塔溝通。

今年合共有二十位來自不同直資學校的學生參與這項課程。大部分參加者都在學校選修數理科目，並掌握良好的學術基礎，但也有少數來自商科或文科的學生。他們雖然在起初學習上有點吃力，但在操作飛行的表現上並不比其他學生遜色，而在導師們悉心指導下也能勝任達標。在經歷了各種充實的學習體驗後，學生將在課程完結前參加理論及飛行考試，考試合格後才可獲頒證書。若學生們日後進一步在航空行業發展或升讀大學的飛機師訓練課程，是次活動的飛行時數亦可以被計算在內。

STEM 教育是否成功，關鍵在「樂在其中」其中四字。我們若能引起學生們學習的動機和樂趣，他們一定會繼續自我不斷發掘求新，以獲取更多不同的知識，從而建立人生目標。跟隨筆者於二零一五年參加此課程的其中兩位學生，就在之後立志要成為飛機師，更身體力行，在中學畢業後再次回到 UNSW 修讀航空學士學位課程。相信在不久將來，他們將會投身航空事業，繼續為自己的興趣及理想奮鬥。

學習目標的制訂

黃廣威

很多家長都希望能為同學訂立每年的學習目標，為他們未來的一年作一個計劃及行動方案。同學們可能會問，為甚麼要設定目標呢？其實很多的頂級運動員、成功的商業要員和各個不同領域的成功人士，都會設立自己的目標。設定目標可以給同學帶來短期的動機和長期的願景，並且可以使他們集中知識的獲取，並幫助同學們組織和計劃自己時間和資源，使他們可以充份掌握自己的生活。在另一方面，通過制訂清晰明確的目標，同學們可以檢視並為實現這些目標而感到自豪。他們會看到以前似乎長期沒有意義的學習將取得進展，亦會提高自信心。因為同學們會清楚認識到自己的能力，和用能力來實現自己所訂定的目標。

但是如何協助同學訂定目標呢？首先要考慮的是他們想要實現的目標，訂定的應該是具體的、可達到的、可測量的、與學習有相關的，和有時限的目標。同學們確立目標後應將其詳細地寫下來，使其變成一個實體，然後籌組和計劃達到目標所必須採取的步驟，並在實現過程中重覆檢視每一個步驟。目標的訂立是一個人生前進的一個重要的環節，它決定同學想要實現的一生。目標的訂立可以將不重要的東西分開，同時亦可以令同學激勵自己，在成功實現目標的基礎上建立自信。當同學能實現目標時，家長可以花點時間來與同學享受一下實現目標的滿足感。如果目標是一個重要的目標，也應該適當獎勵同學，這些獎勵有助同學建立應有的自信。

家長可幫助同學先設定他們的終身目標，然後按照這個終身目標制訂一些較小目標，比如一年期至五年期的短期目標和實現計劃。通過定期檢查和更新同學的目標，保持他們在達標過程中的動力，並且要記得花點時間來與同學一同分享在達標時的滿足和喜悅。如果你的小朋友還沒有設定目標，那麼從今天開始吧。當同學視目標設定作為他們生活中的一部分時，你會發現你的小朋友的學業會進步神速，而且亦會同步開展他們未來充滿快樂喜悅的人生！

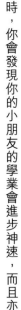

批改作業漫談

羅慶琮

作為老師，最艱辛的工作也許是批改作業。粵語片時代，老師的形象是挑燈夜改，勞累以致捱出肺癆。然而，我初進教育系時，教授曾經對我們說，傳統的批改作業對學生幫助不大，是效果最低的工作。可不是嗎？我一生以來，從不細看老師的批改，最討厭的作業是謄文。中學時候，有一位很勤力的英文老師把我的英文作文改得面目全非，我非常憤怒，覺得他非常不尊重我的創作。

批改作業，應該屬於評估環節，從任何角度來説，都屬於形成性評估或診斷性評估，不是總結性評估。其目的在於輔助學生學習，不在於準確地給學生在某一階段評分。因此每次評估，甚至針對每一個學生，應有明確的目的。其實，精批細改也不是中國教育的傳統，我看過我父親在書塾學習時的習作簿，批改甚少，只是圈點，鼓勵為主，沒有評分等級，最後點出優點，最好的標出全班第一名、第二名等。我兒子在香港讀外國人的幼稚園，四歲就開始作文，小孩胡胡亂亂的寫了些東西，能表達一些意思就可以了。老師的角色在鼓勵，每一段時期幫助他解決一個問題，例如他最初是所有字母聯在一起，老師就教他一行只寫三個字，一個靠左，一個靠右，一個居中，慢慢他就掌握寫作的技能了。我以前教中六班純數，課程相當艱深，批改作業，不能以當時高級程度會考的水平要求學生。每一個學生要求不同，底子弱的鼓勵多些，成績好的要求嚴格，逐步對數學答題的各項習慣技能提出要求。同時，通過批改作業，掌握近五十人一班每個人的特點，絕不止於一本 登分簿內每個人的分數。做老師好像做教練一樣，有集體訓練，有個別關注。

改正錯誤不單只靠老師，有些人認為只要老師指出了，學生知道了，錯誤就不會再犯。其實不然，至低限度如我這樣不聽話的學生不成。學生的錯誤要經過自己的努力和領悟才會改正。我中學時有一位英文老師，在我錯的地方點出，由我自己作出改正；錯得離譜的，她在課堂上不點名指出，令我畢生難忘。

當然，用字用好的，她也圈點，在課堂上也提出，令我沾沾自喜，也畢生難忘。

當前，很多學校管理層查閱老師批改的作業，教育局外評也有此程序。作業是學與教的重要環節，檢查批改作業也是應該。不過，重點不在看有沒有改錯改漏，有時不改也是重要的措施，重點在如何通過批改掌握學生的特點，如何通過批改促進學生的學習。

創科教育 STEAM

Science 科學 • Technology 科技 • Engineering 工程 • Art 美術 • Mathematics 數學

徐區懿華

近年創科教育興起，校園內外五花八門的課程相繼出現：無人駕駛機、機械人操控、程式編寫、生物科技、3D 打印、電子積木等等。事實上，過往小學教師受訓時有關訓練並不多；個別學校老師有科學或數學背景或對科研甚有興趣，才有更充足的準備度去發展有關項目。但也有不少學校缺乏相關方面專門人員，對如何起步感到不知從何入手。部分家長有的熱衷於盡快讓子女趕上大趨勢，但對科技望而卻步者亦大有人在。

筆者是文科人，一向對創新及科研甚感興趣，但實在認識不多，幸得一班懂得及熱衷科學與科技的同事積極為學生提供接受創科教育的機會。同事主動參加「賽馬會運算思維教育」計劃培訓，推動「運算思維及編程教育」課程。我亦以一個「門外漢」的身份，參與了有關的培訓課程。

參加培訓前，我對編程教育所知不多，大約知道是使用一些程式語言，編寫一些簡單遊戲，或是操控電子組件與機械人。在由麻省理工大學提供的二十一小時培訓課程中，體驗了小四至小六學生將經歷的學習旅程，例如使用幾個簡單的功能（連結按鈕、錄音、圖像等），編寫了各種各樣簡單的程式，包括自我介紹、琴鍵、音樂盒及簡短卡通故事等。再加上一些運算及邏輯功能，就能編出更有趣的程式，包括迷宮、射擊、計算、拼字、繪圖等遊戲。剛開始時一竅不通的我要跟上也有點吃力，除著一次又一次的練習，對各項功能逐漸熟識，加上從其他同事身上學習，慢慢地隨可以跟上外，也能加入自己的創意，最後更與其他同事一起構思了能教導學生控制和運用聲線的「聲量控制」流動應用程式。

學會編程是意料中事，意外收穫是體會到學習編程只是一個過程及手段。學生從中實踐如何使用「演算式思維」、「測試及除錯」，以及「重用及重新結合」等，都是一些能延展到其他學習上的一些技巧。

此外，學習過程中最強調的不是人與機器的溝通，而是人與人之間的互動、互學及相互合作。在推動創科發展的同時，別忘了「以人為本」，也許才是最重要的！

STEM 與 STEAM

黃廣威

最近，STEM 教育（科學，技術，工程和數學）和 STEAM 教育（STEM 加上藝術：Arts）在不同的平台上都被熱熾的討論。首先考慮甚麼是和為甚麼要有 STEM 教育。許多國家的教育部門近年都持續地發表不同的報告說，二十一世紀未來數十年裏需要的技能，是今天許多大學畢業生仍沒能夠掌握的。年輕一代的學生需要有更深入的數學和科學知識，也要有整合和應用知識的思維，以裝備自己有解決未來面臨挑戰的能力。STEM 的學習目的是要發展出迎戰未來挑戰的各種技能，包括批判性思維和解決問題、創造力和創新、溝通、協作和創業精神等等。目前美國的 K-12 教育在 STEM 的旗幟下正進行大躍進，並確定了優質 STEM 教育計劃的幾個特點：

一、內容是要激發學習動機，鼓勵參與和面向現實世界
二、要整合和有意義地學習運用數學和科學
三、教學方法是以詢問查究為本，以學生為中心
四、學習通過工程設計流程解決工程挑戰
五、團隊協作和溝通是一個重點
六、要有自由的批判性、創造性和創新性
七、要有失敗的機會，並在安全的環境中重新試驗

因此 STEM 是為特定目的而設計的特定學習課程，用於整合和應用數學和科學的知識，使用工程設計方法為現實世界的問題創建技術和解決方案。STEM 加入藝術（Arts）之後成為了 STEAM。藝術是一個很好的學習工具和具有實用功能，可以作為展示力不足的學生學習 STEM 的踏板。使用藝術活動吸引學生，

可以加強他們學習 STEM 的動機和成功率。事實上，藝術可以為不同類型的學生提供更多元化的學習機會，使他們有更多學習 STEM 的方法，也為同學們增強溝通和表達能力提供了多種實踐的機會。學生可以將藝術設計應用於在創建的產品上，他們可以使用電腦圖形來創建徽標或風格化的設計，並應用於推廣或演示文稿中。通過藝術設計，學生可以改善在 STEM 設計項目中創建產品的外觀、設計和可用性。他們更可以進行具藝術性的演講、技術示範或撰寫具說服力的寫作，這些都會被應用於產品創建過程中商品的推廣階段。STEAM 作為 STEM 的延伸，其目的不是要加入藝術教育，而是在現實中應用藝術知識誘發更深層次的 STEM 學習。

橫向思維

陳偉佳

法國學者愛德華•德•博諾（Edward de Bono）於六十年代提出「橫向思維」（Lateral Thinking）思考方法，強調突破既定思考模式路徑，有別於重視線性及邏輯的垂直思維（Vertical Thinking，獲西方學術界廣泛推行。我們在日常的思維活動中，尤其在解難的時候，都以一般的垂直思維著重邏輯，過程中依照循序漸進的步伐開展，不容犯錯，黑白分明，要按固有模式得及認知習慣而得出一個「正確」結論，否定所有因脫離模式而造成的「錯誤」。

我們在學校一般採用以垂直思維為本的教學模式，透過階梯式教學以教導學生學習及解難，令學生的思維只能遵照一定模式軌跡發展，而博諾的橫向思維則採取截然不同的方法。問題或事物本身有多樣性成因，因此要打破既定的結構規範、發展方向及認知習慣，不應跟從事物既有的程式路向作出傳統思維中被認為具有挑戰性的假設，以沒有明顯邏輯的思考方法觀察事物，思考問題，甚至從反方向思考，重構問題，將重點加以聯繫。過程當中不急於對任何構思或新主意妄下是非判斷。

採用橫向思維的人，通常是從局外或大環境取得思考的線索與啟示，思路接觸面廣闊深長，以獲取大量資料，令思考的點線面大增。因此，橫向思維的人往往面對他人的論點時，不會即時回應，以致容易被對方乘虛而入產生質疑，因而往往被扣上反應遲緩之名。然而，他們的腦袋於思考過程當中已在高速運轉，多角度分析及判斷不同因素，故需要較一般人更多時間給予反應，卻因此往往被誤以為是專注力不足或欠缺邏輯系統及重心。有時一個橫向思維高、垂直思維低的學生更可能被標籤為有「特殊學習需要」（Special Education Needs），因而得不到相應的學習支援。

舉一個歷史故事為例，智慧之王所羅門有日遇上難題，兩名婦人為一個嬰兒吵得面紅耳赤，各自聲稱孩子是自己的親生骨肉。面對廣場上看戲的群眾，所羅門提議將嬰兒斬開兩半，各取一半，誰也沒有損失。當他喊士兵揮劍劈嬰時，其中一名婦人不忍自己的孩子受傷害，不要以死亡換取真相，大叫「把孩子給她」。群眾終於明白原來所羅門並非失去常理，冷血殺嬰，而是以異於正常線性的手段，以電光火石間迸發的人性，找出誰是真正的母親。所羅門面對問題時，不按章出牌，摒棄非黑即白的線性思考，反而從問題提出問題，由另一角度思考解難，達到想要的目的。

橫向思維能培養人的創造力，推動換位思考的能力。這種超越傳統框架、具多樣性及開放性的思考方法，正正是今天面對不少挑戰的教育界所需。我們社會如真正渴求這種有潛力發展出思想上具有宏大架構、具開拓性及創造力的人才，首先就應否要突破傳統的重視線性及邏輯的垂直思維。

再談橫向思維

陳偉佳

上次在同欄中淺談了橫向思維，有家長及讀者之後問及相關題目，想更深入了解及訓練橫向思維。我們培養一個人的思考能力時，通常著眼於發展合乎個人能力及針對解決問題的方法。一般而言，傳統的思考方式屬線性思維，即以縱向發展、重視邏輯、以明辨事理的能力為主，尤其強調知識運用。而橫向思維則採用放射性的思考模式，鼓勵天馬行空、突破框架、發揮創意。

兩種不同的思考方式並非對立取代的關係，實際上是互相補足。縱向思維具有獨立性及多角度思考特色，亦融合了邏輯批判，即所謂「慎思明辨」。培育縱向思維可透過學習和訓練解決問題、掌握評估理據的方法，去辨識事情定義及法則。這些皆是不可或缺的因素，當然最重要有厚重而廣闊的知識水平配合。

劍橋及牛津大學等國際著名學府的入學面試中，常見有關橫向思維的問題。舉前幾年的一個例子：如果要用猴子做科學實驗，會選用多少隻猴子？一般考生都以看做甚麼實驗以決定數目作答，但如果從橫向思維出發，可以思考科學實驗成果若以生命換取，那麼犧牲一隻猴子是否也太多，即使為了科學發展亦不能危害生命。

橫向思維之父Edward de Bono在其演講中舉了一例。一間工廠的辦公樓原座落於佔地廣闊的兩層高大樓，為了更有效運用土地及擴充，計劃將舊大樓拆掉，另建了一幢十二層高的新辦公大樓。員工搬進新址不久後開始抱怨，指新大樓的升降機數目不足且不夠快，尤其是在上下班的高峰期，等候時間太長。公司於是找了外聘顧問提出解決方案：（一）搬回舊大樓；（二）額外安裝數部室外升降機；（三）另訂各部門不同上下班時間；（四）在所有升降機旁的牆身安裝鏡子；（五）繁忙時間採用限制升降機單數層及雙數層上落系統。Bono說，選擇一、二、三、五方案，表示你運用了縱向思維；如果選了四，則以橫向思維思考，能於考慮問題時跳出思維慣性。這工廠最後採用方案四，並成功解決了員工投訴。Bono解釋：「員工忙著在鏡子前整理自己儀容，或是在旁觀察別人。當他們的注意力不再集中於等候升降機上，焦急的心情自然放鬆起來。不是大樓缺乏升降機，而是人們缺乏耐心。」

高中的跨學科知識的通識科本希望能訓練學生除了一般縱向思維外，同時也期望能發展橫向思維，使新一代得以培養出慎密而有創意的思維能力。可惜現行的考評制度未能好好配合，學生不能透過課程全面學習達到預期的效果。老師只能依制度的指揮棒教學，但社會不同人士又對課程不滿而提出不同意見。所以業界應好好在這關節上思考一下，令教育發揮應有的功效，培養學生的橫縱思考能力，達到合「縱」連「橫」，讓思維馳騁。

價值教育一隅

盧偉成

教育局最近率領一眾校長及老師到東京出席「價值觀教育學習交流」活動。雖然筆者無緣赴日取經，但引發起筆者分享自己如何把中華文化滲透在價值教育中。

筆者學校最近把校園一條小巷命名為「思齊里」，並把它簡單裝飾一番，以推動具基督教和中華文化特色之「生命價值教育」。

學校在「思齊里」內豎起了一幅橫額，展示取自《論語》之一句說話：「見賢思齊焉，見不賢而內自省也。」提醒同學務要謙卑，互相取長補短。學校還打算邀請校內取名「思齊」的同學及其家長一起為「思齊里」剪綵，以加強「見賢思齊」之訊息。

「思齊里」的其中一個角落張貼了筆者希望同學於畢業前學會之文言格言，一方面推動文言文之學習，另一方面希望同學明白每句格言所表達之道理。

學校明白生活經驗是學習價值觀之最佳方法。因此，學校把價值觀之學習滲透於每個校園生活環節之中。例如透過各樣比賽來培養同學認識「一勝一負，兵家常勢」、「人一能之己百之，人十能之己千之」之精神，好讓他們學會勝不驕、敗不餒，並為自己所定下之目標而努力奮鬥。

又例如透過推動同學一起建立班風，學校教導他們「己所不欲，勿施於人」、「己欲立而立人，己欲達而達人」、「二人同心，其利斷金」、「一室之不治，何以天下國家為」等格言，使他們學會彼此尊重、互相幫助、和而不同和自理等。

為配合價值教育之推行，學校定期舉行頒獎典禮，向在價值觀學習方面有表現的同學頒發獎項，並邀請他們在同學和家長面前公開分享。「思齊里」內還設有「道賢角」和「德育及公民教育電台」，分別以文字和多媒體之形式，記錄和分享他們一些值得其他同學參考的生命故事。

簡單而言，學校透過指導同學、經驗學習、分享和頒獎之循環來推動價值教育。以文言古訓來啟導同學學習價值觀，以校園生活作為學習價值觀之場景，以頒獎典禮、文字和多媒體之報道作為強法價值觀學習之手段。

盼望香港的價值教育在未來有一番新氣象，並為香港培養出具正確價值觀的下一代。

普教中？粵教中？

盧偉成

最近，「普教中」或「粵教中」這個議題又被炒作起來了。筆者想趁機發表一點自己的看法，與大家切磋切磋。

內地人士一般以普通話為母語，他們在思考、聆聽並口語方面皆以普通話作為語言媒介，因此內地推行「普教中」是合理的選擇。若有人斗膽提出在內地改行「粵教中」，必然遭到大力反對。

同樣，粵語為大部分港人的母語；因此在本地推行「粵教中」，也是合理的做法。而且對一些非華語的孩子來說，他們生活在以粵語為主的語言環境中，硬推「普教中」只會增加他們學習中文的難度，無助他們融入本地社會。

按照官方之課程文件，學習中文的主要目的並不是學習普通話，而是學習與聆聽、說話、閱讀、寫作、品德、情意、高階思維、文化、文學和自學等範疇之能力，而當中亦只有聆聽和說話與普通話拉得上較為明顯的關係。

筆者曾聽過人說，推行「普教中」可建立學生「我手寫我口」的習慣，有助提升他們的寫作能力。然而，筆者認為聆聽和說話屬於語音範疇，而閱讀和寫作則屬於文字符號範疇，用「我手寫我口」作為提升寫作能力之說法，實在必須加以驗證。許多古代的著名文人，如唐代的李白、宋代的蘇軾等都不是說普通話的。然而，他們在文學方面的成就和對中華文化的貢獻，實在有目共睹。

筆者認為提升中文能力的關鍵在於提升孩子對學習中文的興趣，在粵語地區推行「普教中」，無助提升孩子對學習中文的興趣，同時亦會增加學習中文的難度，尤其在深入探討中華文化議題時，難度將會更大。

時代改變了，世界各地都有人在學習普通話；孩子學會説普通話，當然會增加其競爭能力。然而，要有效學習普通話，可以透過許多不同的方法，在學校開設普通話科便是其中之一。透過推行「普教中」來提升學生的普通話能力，實際上是可行的；然而，這對學習中文的成效必然帶來負面之影響。

此外，本地大學在收生方面，「被逼」強調中文的成績——不是嗎？在申請入讀政府資助的本地大學學位課程時，本地考生必須在香港中學文憑試中、英文兩科考獲至少三級水平，而在數學、通識並至少一個選修科只須考獲至少二級水平。考生若在中文科不幸失手，只考獲二級的成績，就算他們在其他科目皆考獲「五星星」水平，也無補於事。

因此，筆者認為不要輕言「一刀切」在本地推行「普教中」，以免顧此失彼。再者，家長會否讓自己的孩子，甚或是考生自己，在應考香港中學文憑試中文科之聆聽、口語部分時，放棄使用粵語而改用普通話來應考呢？參與「普教中」而選擇「粵考中」，更為不可取。

「深度學習」的反思

黃頴東

上星期有幸獲辦學團體委派出席由教育變革大師 Michael Fullan 於加拿大溫哥華主持的世界深度學習年度會議（Deep Learning Lab.）。今次會議已是第七屆，深度學習（Deep Learning）是 Fullan 近年積極建構的學習模式，其主張在我們認識的四個二十一世紀的能力：4Cs（Collaboration 協作、Communication 溝通、Creativity 創造力、Critical Thinking 批判性思考）上再加兩個 Cs（Character 品德、Citizenship 公民素養），加上他一直主張之教育變革理論，以及深度學習在其他領域推行的經驗，完善了培育新世紀人才素養的教育目標，以期推動另一波的教育變革浪潮。雖然有關成效仍言之尚早，其所組成的深度學習聯盟已在全球十個國家中，超過一千間學校推行。筆者能在會議中見證部分成功的例子，發現不少元素正是香港教育近年積極推動的學習目標，我們亦能以此借鏡，取長補短。

Fullan 所強調將 4Cs 加至 6Cs 的學習目標，能在西方教育主張中加入「培育學生個人品德」及「公民素養」此兩個素養實有其突破性。在世紀初，大家正沉醉於「共通能力」的迷思，很少提及對品德及公民素養教育的重要性；但事實上，我們所強調「明辨是非的能力」、「公義」、「敢言」及「承擔」等均是出於個人的質素，而非共通能力及學識所能相提並論。雖然這點是老生常談，但也是知易行難。當西方教育主張都回歸基本，重視個人品德及全人發展的培養，香港擁有中西文化匯萃的優勢，重視傳統文化的價值，更應重視全人發展，做好年輕人品德、培育的工作。會議中另一點令筆者印象深刻的是 Fullan 強調學習模式的轉變，老師與學生的課堂教育中角色的轉移。不少與會學校的例子均強調學生「動手」的學習過程，透過學生間的協作互動，分享及溝通，利用老師設計 6Cs 的教學量表，檢視過程中學生的學習進度，從學習的回饋中往往見到他們對學習的熱衷及成效，這些經驗都非常寶貴。

回港後，筆者反思三日會議中所見所聞，Deep Learning 並非全新的教育理論。就以筆者學校為例，近年辦學團體整理了多年的教育經驗，建立了一套「活的教育」方案，主要亦是透過學習經歷、校園關愛文化等元素，培育正向、自信的學生。因此，有很多實際所行的教育經驗，已與 Fullan 所提出的 Deep Learning 概況十分相似，可以互相學習，以增教育成效。

今次會議的另一個重要收穫，是能與這位教育變革大師聯繫與對接，大家現正積極籌備於香港建立全球第八個 Deep Learning 的學校網絡，並在本地開展 Deep Learning 的老師培訓。我們作為直資學校，就是容許我們有這更大的空間及多樣性，去接受新事物、新合作，而筆者對於 Deep Learning 在香港的開展是充滿期待的。

健康身體活動形態

關穎斌

體育運動是基礎教育重要的一環，近年流行一個名詞 MVPA（Moderate-to-vigorous physical avtivity），即每天的身體活動量需涵蓋至少二十至三十分鐘以上連續中至高強度的身體活動型態。這樣才能有效促進心肺耐力、肌肉適能，降低肥胖、心血管疾病等不利健康的因素。根據世界衛生組織所訂立的身體活動指引，兒童與青少年應每日進行最少六十分鐘的 MVPA 身體活動，如此才能維持適當的體重、心肺與肌肉適能、骨質密度，促進腦部健康，降低焦慮與抑鬱等負面情緒，並能減輕壓力。

劇烈強度體能活動是指呼吸急速、心跳很快和大量流汗，例如跑步、競賽性球類運動，例如籃球、足球比賽等。中等強度體能活動是指呼吸和心跳稍為加快和輕微流汗，例如急步走及行樓梯等。學校教育可以通過三個方面達至以上 MVPA 的目標，包括體育課、與體育有關的課外活動和校隊訓練等。近年直資學校多元化發展，在三方面都有重發展。有學校於體育課積極推廣另類運動，例如棍網球、獨輪車、花式跳繩等；也有學校在課外活動推廣個人化的項目，例如射箭、攀岩活動等；也有學校延展體育課時間，安排上課前早操，在小息期間進行課間操，以至在上課時間表裏加入一生一體藝課程，必修一門或多門運動項目，實踐普及運動教育理念。多所學校也聘請專業教練帶領校隊，在學界比賽中取得較好成績等，發展學生潛能，提升自信。

除了學校外，小朋友如何達到平均每天六十分鐘的體能活動？作為家長，可讓小朋友多參與家務工作，與小朋友一起到遊樂場和體育館進行運動。如家住在學校不遠的地方，鼓勵同學步行回校，在周六或周日可以一起行山，一方面可強身健體，另一方面也可探索大自然的樂趣，親子活動樂融融。

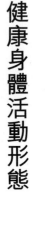

MVPA 當然重要，若果推行得當，學童身體健康和精神健康的發展都會有所裨益，而且有利培養正面人生觀。近年教育局向學校宣傳 MVPA 的重要性，其實除了透過學校，政府還可以多透過社交媒體向社會大眾宣傳 MVPA 的重要性，與各行各業的僱主合作，讓打工仔多一些公餘時間，為健康儲蓄。政府可以多興建一些緩跑徑、海濱公園、單車徑等，為市民的健康加油。這樣社會大眾就可以享有更多的機會和空間實踐健康生活，也能減少個人與社會長遠的醫療開支。

人生教育

黃桂玲

筆者服務的學校自創校以來一直推展生命教育，透過個人成長課、全校周會、教師的生命故事分享和體驗活動，幫助學生認識自己，明白個人與他人、社會、環境等的關係，從而培養感恩、珍惜、關愛、尊重等生活態度和素質，讓學生有能力面對成長和將來的挑戰。學校近年認識了「正向教育」，現正嘗試把「正向教育」作為生命教育的支架，期望幫助學生、家長和老師都能活得更幸福和豐盛。

「正向教育」源自正向心理學（Positive Psychology），美國賓州大學教授Martin E.P. Seligman, Ph.D.被稱為「正向心理學之父」，他的研究是從心理精神發展上如何幫助人獲得快樂及有意義的人生。大約十多年前，澳洲的Geelong Grammar School將它發展成為「正向教育」，其中提出了「性格強項」（Character Strengths），正向關係、健康、成就、投入、意義和情緒等六大範疇的關注。其後該校成立了Geelong Positive Education Institute負責培訓及推廣工作。過去幾年，Geelong在香港已舉辦了多次訓練營和研討會，每次參加的學校和老師都非常熱烈，同時推行「正向教育」的學校也越來越多。大家都希望透過學校幫助學生從小建立對自己、他人、社會及世界的正向思維及生活態度，從而能擁有圓滿幸福的人生。

在一次的訓練營中，大會播放了一套名為《Happiness》的電影，使觀眾對於快樂和幸福有更豐富領會。個人認為快樂是一種情緒，可以是由單一事件引致，而幸福是由生活中不同情景所積慮的感受，通常是與他人連結所產生的。在影片中，有世界各地的人談及對幸福的看法，當中訪問了一位印度的司機和家庭，他們幾個家庭聚居一起。如以今天城市的生活條件來看，他們的居住環境是惡劣和簡陋，生活物質條件是窮乏的。然而，他們覺得自己幸福，他們有家人、有食物溫飽、有住處、有能力工作和照顧人，覺得生活很愉快和滿足。另一片段是一位曾經遭受同輩欺凌的中學生向同學生講述感受的場景，更讓大家明白教育其中一重要任務，是要教孩子自愛及如何去愛別人，那麼我們才能一同感受幸福。幸福或豐盛不一定是擁有豐富的物質或順利的遭遇，幸福是人怎樣解讀所遇的情景。幸福是由一份滿足和由人與人的一種緊密連繫而產生的。因此，在生活中能保持學習，與人建立良好的人際關係等，都有助獲取幸福感；而幸福感往往是人們面對壓力或逆境時的力量來源。

作為師長，我們一定希望孩子幸福快樂，然而面對急速發展的世界，人所遇到的身、心、靈挑戰和生活壓力無處不在。學校要為學生提供優質的教育，裝備他們擁抱挑戰，那不單是知識技能的傳授，更重要是幫助學生發展潛能並建立正面自信及積極的態度，使他們有信心克服困難，創造自己幸福正面豐盛的人生。

功課的意義

盧偉成

每談到功課，便聯想起「抄寫」、「沒趣」和「疲累」——難怪這麼多家長如此反對學校給予孩子功課。

然而，有過百項學術研究指出，功課的確能有效促進孩子的學習。

研究發現，孩子花在功課的時間竟然與完成的功課量沒有直接關係。原因很簡單，如果功課的難度是遠超孩子所能應付的，就算給予更多時間，他們也難以獨自完成功課。同樣，對於一些無心做功課的孩子來說，時間之多少並不是關鍵所在。

研究又發現，孩子完成的功課量越多，他們的學術表現也會越好。當然，前提是功課量不要太多；「揠苗助長」，強逼孩子做大量功課，只會弄巧反拙。

最近聽見有人提倡「零功課量」。停一停，想一想，我們真的希望這樣嗎？

心理學家 Eric Erikson 提出「成長八階段」理論，他認為孩子由六歲至十二歲左右（即小學階段），必須學會「努力」。憑著努力來完成任務，其實是很有滿足感的；相反，拒絕參與，就等如無法證明自己有能力，久而久之，孩子便會陷入自卑的危機中。筆者鼓勵家長能正面看待功課，不要把功課想得太負面，以免孩子把家長的想法「照單全收」，因而厭棄功課。

另一位心理學家 Mihaly Csikszentmihalyi 提出「心流理論」，他指出無論任務有多困難，當一個人完全投入活動時，他會忘掉時間，忘卻壓力，從而發揮超乎想像的表現，並從中感到極大滿足。不是嗎？近年，有越來越多人挑戰馬拉松長跑，這便是一個最好的例子。所謂「過猶不及」，筆者認為功課是需要的，但切勿過量；與其爭論要不要做功課，倒不如想想怎樣激發孩子在學習方面的動能。

老子提出「無為而治」的概念。所謂「無為」，不是指「翹起雙手」甚麼也不做，而且要順其自然，不太人為。從孩子出發，多觀察他們，重視他們的努力，找出他們做得好的地方，聽聽他們分享所學，作由衷的讚賞等等，都能激發孩子的學習動機。

有些家長過份緊張孩子做功課，除學校給予的功課外，還額外替孩子購買補充練習。在孩子因病缺課時，急著到學校拿取功課。家長應以孩子的健康為重，讓患病的孩子在家中好好休息，以免孩子的康復受損。

遇上特殊情況，例如當孩子在家中情緒出現嚴重問題，無法完成功課，家長就不要勉強孩子即日把功課完成，以免產生不必要的角力，影響親子關係。遇到這種情況，家長可考慮在手冊上簡單留言，只要有合理的理由，相信學校是會理解的，並樂意與家長一起跟進孩子的情況。

筆者希望家長能在功課一事上與孩子建立良好的互動，不要因功課而破壞親子關係，以保持孩子與生俱來的學習動機和能力。

朗誦訓練（上）

招祥麒

每年一度的校際朗誦節報名期已結束，負責訓練的老師正忙過不了，都為十一月中開鑼的比賽爭取更好成績而努力。究竟訓練朗誦有甚麼秘訣？怎樣才能出奇制勝？以下先談「個人訓練」的要點：

一、角色選拔

從課堂的教學上來說，老師要照顧所有學生，訓練他們由朗讀而朗誦，以期提高語文水平，這是責無旁貸的。然而，參加朗誦比賽，特別是校際的賽事，不可能全部學生參與。除非老師有意藉該等比賽讓學生嚐到「失敗」的滋味，否則便須慎選角色，以最好的姿態代表學校出賽。盡了本份人事後，管他天命歸於何處，「勝固欣然，敗亦可喜」，心理上總是安樂的。

選角之時，首要考慮的是學生的吐字是否清晰，音量是否宏大。能有演戲天份，不害羞，不怯場，舉手投足自有懾人眼目的天賦的，是為首選。但「完美」的人千中無一、二；後天的補救，「人一能之己十之」的努力，加上老師的鼓勵與栽培，很多時也能「化腐朽為神奇」。

二、聲情示範

教師選好參賽者以後，須安排時間引導學生深入理解誦材，或要求學生自行收集資料，詳細閱讀。為節省時間，我喜歡向學生示範（有時更錄音），要求他們模仿，到達一定水準後，再要求學生自我突破，發揮其聲情之所長。

三、互相觀摩

很多時，參加同一組比賽的不止一名學生，同組的甚至不同組的互相觀摩很重要，相觀而善之謂摩。同學問彼此切磋，自會取長補短。教師或於適當時候點撥一下，既省時，也省力。

四、以舊帶新

訓練期間，學生的表現總有高低之別，一些資深的、曾獲獎的學生表現自然較優。教師如能善用學生的表演欲和領袖魅力，以舊帶新，以優帶劣，以巧帶拙，以強帶弱。總之，由富朗誦經驗的學生指導新參與者，更可產生互動效果及發揮學生的創意，令訓練更具成效。「朗誦學會」或「朗誦小組」成為充滿生氣的學習團隊，整體的成績自然突出！

五、逐步改善

訓練不可能一蹴即就，沒有最好，只有更好。教師每次訓練學生的時間毋須太長，最重要是能指出學生待改善的地方。在時間安排方面，教師可分多次會見學生，而每次集中訓練一項技巧或改善一個重點，然後讓學生自行回家努力練習，既可節省時間，也讓他們「有時間自我揣摩」。不然，到了某些時候，教師便會覺得「拉牛上樹」，無所措手足了。

六、當眾表演

學生技巧成熟了，讓他們當眾表演非常重要。多讓他們面對群眾（特別是陌生的群眾），才能避免在正式比賽或表演時膽怯失準。

至於訓練集體朗誦須關注的要點，下文待續。

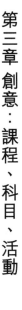

朗誦訓練（下）

招祥麒

前文討論朗誦「個人訓練」的要點，接下來談「集體訓練」：

一、以誦材為教材

能被選作比賽的誦材，一般都是好的作品，足可視之為語文教材。既是教材，教師便須「備課」，務求掌握誦材細微之處。

二、精講與體會

訓練朗誦，個人較諸集體容易得多。個人是被挑選出來的，理應已「出類拔萃」，與教師的互動性較多，個人臨場發揮也容易。集體朗誦卻沒有個人意志，也不能讓一、兩個學生「自由發揮」，個人必須服從集體，並與集體同一意志，而這同一意志也就是教師經對誦材分析研究後的所得。既是如此，要四十位學生全面感受以致表現出教師的「所得」，教師必先在訓練之初，向學生精講誦材，令集體體會，在訓練的過程中也須不斷個別輔助和修正。

三、課堂練習

「最能集中學生的時間便是課堂的時間。」訓練如在課後的午膳，阻礙了學生的休息時間，不理想。如在放學後或星期六、日進行，學生須補習及參與其他活動的忙得很，整隊人馬能完整出席的相信很難。所以，教師宜調整教學進度，在課堂抽出適當時間進行訓練，這較容易取得良好的效果。

四、隊形設計

隊型的整齊美觀只是集體朗誦最基本的要求。這包括隊伍打從進入比賽場地開始，到離開為止。當然，最重要的是在台上。集體朗誦比賽不設指揮，沒有足夠訓練的隊伍，上台後站在台階上整隊傾左、傾右的時有所見。

一般而言，學生按高低分三排或四排，男女合誦的還須注意分組的美觀，如照顧學生高、中、低聲部的講究就更多。有時，教師可依誦材的內容在隊型上尋求圖案之美，甚至在朗誦進行中作出整隊或部分的變化。

總體而言，中文朗誦的隊型設計不及英詩朗誦的變化多，教師不妨大膽設計和創新，多一分耕耘，自有多一分收穫。但請緊記，所有設計、變化和創新都要忠於誦材，否則便是「有破壞沒建設」了。

五、臨場訓練

比賽之前，為了讓學生感受正式比賽的壓力，教師不妨製造場景，讓學生面對觀眾。從前有一次訓練學生，為了隊型設計上的需要，在比賽前數日將大會要求的朗誦的兩篇作品先後次序調轉，負責報題的同學也應要求，在校內練習時從沒出錯。可是，在正式比賽時，她卻出錯了，題一報出來，因與練習時不同，全隊同學一下子就亂了，幸好最終完成表演，結果怎樣就毋須說明了。

總體而言，無論是個人抑或集體訓練，要致勝，須留意「充足準備」、「發揮潛能」、「追求創意」三大要訣，教師當仔細體會，自有所得。

快樂學習　心態致勝

黃桂玲

香港直資學校議會在本年十一月十日舉辦了「香港直資學校聯展2018」，那天有四十多間直資學校到場設置了學校介紹的攤位，在場的老師和同學努力介紹學校，家長積極地查詢，家長們為子女升學都費盡心神。除了學校展覽，當天大會還舉辦了多場講座及專題討論，每場都座無虛席，無論講者或聽者都流露了對教育的期盼和關心。當天最後一個專題討論「如何令孩子快樂學習？」筆者和播道書院盧偉成校長、升學專家梁永樂先生在主持人的引領下分享了對快樂學習的一點領會。

「學習」本來就是令人興奮卻不是容易的事，幾個月大的嬰孩學習翻身、站立以至學走路，每一次都要使勁地運用他身體的大小肌肉，不斷嘗試、失敗、再嘗試。即使因跌倒而哭鬧了，但他還是敢於再練習，直至能獨立四處跑跑跳跳。在這過程中，父母不能代替孩子學習，父母卻是孩子的支持者，他們會不斷鼓勵孩子，並且會因孩子會走的幾步而歡呼和讚賞，孩子得到的多是正面鼓勵和努力學習的快樂。然而當孩子進入學校後，大家很容易把注意力都放在分數或等級上，孩子漸漸不再是真正的學習者，而成了爭取分數、滿足考評和追趕才藝的練習員。父母可能成為催迫者而不是同行者，學習因此不再快樂；親子關係也因而疏離了。要孩子重拾學習的樂趣和動力，我們要給予孩子一定的空間和指導，要容許失敗和嘗試，要接納每個孩子都有不同的步伐。作為父母，要提醒自己是孩子的首席老師，要懂得讓自己享受做父母的快樂，才能把正面的情緒灌輸給孩子，孩子才能建立勇於嘗試，樂於探索的信心，從而展開不同的學習。

無論是知識或技能的學習，我們都不可避免遇到困難和挫敗。當兒女或學生遇上學習中不如意的時候，通常都會想逃避或放棄。作為師長或家長，我們要嘗試找出孩子的亮點，用正面語言表達諒解和支持，從而幫助孩子重拾自信。我們要幫助孩子了解自己，認識自己性格的強項，從而能欣賞自己及不斷地改進。在日常生活中建立「可改變」的思考（Growth mindset），使孩子相信自己有能力進步，這都有助他們獲取能力感，從而推動孩子為自己的目標而付出努力。

面對不可預知的人生，孩子需要建立終身學習的能力和動力，我們更要培養孩子正面堅強的心態去迎接挑戰。父母和師長的角色有如孩子的一個加油站，所謂「心態致勝」，我們可以培養孩子常存「希望」的心態，學習多為問題想解決方案和多給自己找一個選擇，自然會在人生中找到快樂的路徑。

學習 服務 成長

黃桂玲

隨著新高中學制的推行，香港的中學特別重視學生的「其他學習經歷」，其中服務學習幾乎成為學生必然參與的課程活動。然而亦有聽到有些學生並不真正明白服務的意義，只是抱著滿足學校定下好的時數要求來參加服務。這樣對個人或接受服務者都可能有負面的感受，甚至歪曲了服務的真正意義。

筆者服務的學校在創辦時有四大基石，其中一項是「學校與社會的結合」，自創校已在常識科設立「社區服務」單元課，那是學校課程的一部分，而不是一項活動。每位學生從二年級至六年級都會有約十至十一節的單元課，透過課程的規劃，老師為每個級別定下不同的服務對象。二年級學生會接觸長者；三年級是認識學校所處社區的需要，訪問區議員；四年級是服務肢體殘障人士；五年級是接觸視障人士；六年級學生要自擬服務計劃，從訂定目標、選擇服務的對象及聯絡，以至服務時的活動及準備，都要仔細思考，運用自己多年來累積的經驗，身體力行地去實踐。無論哪一個年級，在進行服務或接觸受服務者前，老師要引導學生了解對象的處境和需要，再而考慮應該採用的方式和合宜的態度。過程中最重要是培養學生對他人的尊重、同理心，而不會以為自己是服務提供者就看不起接受者。學生在過程中也能體會到他們的「服務」是得到相關機構的支持才能實踐，原來他們也正享受著服務，因此大家從中也會學到珍惜和明白個人對社會的責任。

除了學校與社會的結合，優質的教育必定少不了學校和家庭的結合。筆者的學校除了設立社區服務課程，更會定期舉行「愛心活動日」；透過活動組織了近三百位學生、家長和老師，大家會分成小組，探訪區內不同需要的人士，包括智障人士、肢體殘障人士、長者中心和獨居長者等。在探訪前，大家要為探訪的對象準備禮物、遊戲和表演，家長們都積極參與。此外，為了提高學生對別人的關愛意識，在五月初的兩次周會，學校分別為高小及初小上演了「生命劇場」。生命劇場由劇本創作、演出及製作道具等都主要由家長籌劃，加上學生及老師合力演出。家長們的全情投入和無私付出，不單帶給大家一齣既充滿歡笑而有意義的短劇，使人留下深刻的印象，更是身教言教，活現了「服務學習」的精神。

在日常生活中，父母都會給予子女無微不至的照顧，有時真是「服務」太周到。有父母每天為子女收拾功課書包，孩子回到校卻不能找到該交的功課。有孩子忘記了自己該用的東西，要家人特意給他送到校。甚至有家長在小息跑到學校圍欄邊，拿著小食和牛奶給孩子餵吃。這些都不是學校鼓勵的「服務」，因為過分的遷就和照顧其實是剝奪了孩子學習負責任、自理和服務他人的機會。我們相信，讓孩子分擔家務、幫助家中其他成員、鼓勵他們參與學校的服務崗位等，都有助孩子建立自理、關顧他人，以至關心社會的精神。孩子在成長過程中會建立效能感和聯繫感，更會建立自尊和學懂自重，也更懂得愛護他人和學習解難。相信那比起只懂在考試和比賽中爭取高分數或獎牌，更有能力迎接二十一世紀的挑戰！

正向教育之旅

黃桂玲

隨著社會及科技的急速發展，學生在成長過程中面對的挑戰越來越複雜，因此教育界投放在學生支援及輔導成長方面的資源都比以往增加，大家對於怎樣幫助學生建立健康的身心及抗逆力都很關注。筆者服務的學校近年努力推行正向教育，推行的層面不單只學生和老師，還有我們的重要夥伴——家長，也得到家長正面的回應。

「正向教育」源自正向心理，美國著名心理學家馬丁•沙利文博士（Martin Seligman）關注人如何獲取真正的快樂，活得幸福。他提出人應該發揮個人的性格強項，建立正向的情緒，幫助自己和他人發掘潛能，建立健康的心理來面對人生的挑戰。十多年前，澳洲 Geelong Grammar School 與沙利文博士及其團隊合作，發展了「正向教育」，現時該校已成立了 Geelong Positive Education Institute，向世界各地推動正向教育。筆者服務的學校這幾年努力認識和實踐正向教育，希望學校能建立正向教育文化，透過「學習、教導、生活實踐、融入」（Learn It Teach It Live It Embed It）幾個向度，讓學生、教職員和家長認識和擁抱正向教育。

在過去三年，學校支持了全體教師參加由 Geelong Positive Education Institute 在港舉辦的三天培訓，鼓勵教師參加海外及本地大型的研討會，並於校內舉辦工作坊、觀課及分享，為教師提供多元化的學習機會。在課程方面，學校把正向教育融入個人成長課，編寫校本課程；老師們會嘗試在各科教學內容滲入正向教育元素和學習靜觀呼吸等。在非正規課程方面，學校會利用早會及周會向學生介紹正向教育；並結合了班級經營 Responsive Classroom 的策略幫助學生建立正向關係，又透過全校體驗日活動，挑戰學生的成長思維（Growth mindset）等。教師及學生都漸掌握正向教育的精神和共同語言，一同營造正向校園文化。

優質的教育應該是學校與家庭的結合，學校著意推動家長教育，幫助家長認識正向教育。學校連續兩學年在開學初期就舉行全校家長講座，介紹正向教育中的性格強項等，全校超過九成的家長出席，反應熱烈。此外，學校在本年初舉辦了初小及高小的家長工作坊，家長們都踴躍參加，認同能加強親子溝通和在日常生活應用；更有家長表示正向教育也幫助她在工作環境中應用，獲益良多。個人認為家長教育是否有效能，不在於有多少人參加講座，而在於如何把所學的發揮和應用。學校在本年五月四及五日舉辦陽光校園嘉年華，在只有二十六位教師在校（其他教師前往參加三天培訓）的情況下，三百多位家長事前及現場的努力，不但使嘉年華會熱鬧非常，兩天共接待了一萬人次。家長和同學更化身為「正向教育」大使，透過各攤位遊戲及表演等，向到場的來賓宣揚正向教育。藉是次嘉年華會，家長們都展示及實踐了正向關係、意義、成就和參與的精神，為孩子樹立良好的榜樣。

推動正向教育並不是一個活動，或由一小部分老師推動就可以。從凝聚共識到學習、實踐及持續發展，都必須全校參與。所有持份者同心合力，全情投入才能建立學校文化。筆者期待正向教育的精神能夠滲透在校園和每一個持份者，日後更能與他人分享，幫助大家活得豐盛，活得快樂。

糾正粵語發音，知易行易

招祥麒

每年一度的校際朗誦節於十一月中至十二月中舉行，參賽者由幼稚園到大學生近二十萬人次。最近一次因社會紛亂而取消大部分賽事，殊為可惜。筆者擔任朗誦節評判多年，其中以評粵語組賽事為多。本來，參加比賽的同學由誦材到手，至少有兩個月的時間練習。到了賽場，字正腔圓，聲情並茂者固然多有，但發音不準，讀音錯誤的也比比皆是。

朗誦固然是聲情的藝術，但必以字音正確的要求為始。然而，二、三十年來觀察所得，參賽者出現字音錯誤的問題，離不開「違反發聲要求」和「欠缺識別文字的能力」兩方面。前者有屬生理性的，其發聲系統無法按要求而正確發音（如發濃重的鄉音），也有因習慣而明知故犯的，亦有因忽略而不知而犯的。後者則屬學習素養和學習態度問題，中國文字一字多音極為普遍，有因意義不同而讀音不同的，有因詞性變異而讀音不同的，有意義和詞性不變但按需要而改變讀音的，朗誦者或因素養不厚，或因態度不夠認真，臨場時出現誤讀的情況非常普遍。

下文主要談「違反發聲要求」，具體而言，就是學生「不留心聲母及韻尾的要求而誤讀」。依筆者的經驗，誤讀多集中在聲母 gw-、kw-、ng-、n- 及韻尾 -ng 及 -k 的字：

聲母	gw-	瓜寡卦戈果裹過郭廓槨光廣國幗
	kw-	誇跨框眶逛規窺鄺曠礦擴
	ng-	牙枒芽瓦雅訝崖捱涯艾刈額巖癌顏眼雁贗爻餚咬危霓蟻蛾詣毅魏藝銀韌兀勾牛偶藕俄峨娥鵝訛我餓臥呆外礙噩岳岸昂翺傲

聲母	n-	那拿乃奶南喃男難納撓鬧泥能粒妞紐朽呢尼彌瀰你餌膩匿溺拈黏念年撚寧獰擰佞聶鳥裊尿娘訥女內奈耐諾囊曩帑奴努惱腦怒農濃暖嫩
韻尾	-ng	罌蹦爭耕坑行盲冷猛孟生甥笙橫鶯崩登燈轟恆幸杏盟萌朋巷
	-k	百白革擘北仄錫腳墨策責塞角殼酷鵠

上表文字的誤讀，不關係字義的難與奧，而是忽略聲母及韻尾的正確發音。聲母 gw- 和 kw- 都是圓唇音，稍不小心便混讀成 g- 和 k-，於是瓜（gwaa1）讀成家（gaa1），光（gwong1）讀成江（gong1），郭（gwok8）讀成角（gok8）；鄺、曠、礦（kwong3）讀成抗（kong3）。聲母 ng- 屬舌根鼻音，發音時舌根與後齶相抵，讓氣流從鼻腔中出，稍不留神便易將 ng- 聲母迷失了，出現零聲母；於是牙（ngaa4）讀成（aa4），牛（ngau4）讀成（au4），我（ngo5）讀成（o5）。聲母 n- 屬舌尖中鼻音，發音時舌尖頂住前齒齦，使氣流不能從口腔出來，再改由鼻腔流出，稍不著意便發成同屬舌尖中音但發邊音的 l-，於是南（naam4）讀成藍（laam4），年（nin4）讀成連（lin4），你（nei5）讀成李（lei5），女（neoy5）讀成呂（leoy5），農（nung4）讀成龍（lung4）。

至於韻尾 -ng 和 -k 的字，發音時舌尖要平放，不可向上翹。如果向上，鼻音韻尾 -ng 就變成 -n，使耕（gaang1）讀成奸（gaan1），冷（laang5）讀成懶（laan5），猛（maang5）讀成晚（maan5），恆（hang4）讀成痕（han4）；又塞音韻尾 -k 變成 -t，使百（baak8）讀成八（baat8），北（bak7）讀成不（bat7），策（tsaak8）讀成察（tsaat8），塞（sak7）讀成失（sat7）。

要撥亂反正，其實不困難，有了拼音的幫忙，知易行易。只要將上表的字，組成詞語，大聲朗讀，並用心牢記。一、二小時的工夫便能解決積久的錯誤了。

第四章

視野：學海交流

參觀科技企業有感

關穎斌

筆者最近有機會與一批校長到距離我們不遠的深圳，參觀兩大世界級的國內企業的總部，此行獲益良多。

其中一所參觀的企業是全球最大的基因研發機構之一，該公司將研究成果應用於醫學健康、農業科技、資源保存等，推動基因科技成果轉化，利用基因科技改善人類生活質素。另外一所企業則是全球最大的互聯網服務企業之一，公司以通過互聯網服務提升生活質量為使命，開發了很多產品。該公司除了提供大家智能電話中下載的家喻戶曉的社交軟件，還開發在日常生活中進行繳費的軟件平台，使用戶可以通過流動電話辦理社保、地稅、出入境業務、加油和公積金服務等。近年，該公司更開發學校管理平台，方便老師、同學與家長的溝通；以及利用大數據實現交通管理，使中國內地的城市成為智慧城市。

這兩間內地國際級企業都有共同的特點：

一、企業領導人有國際視野與超前的眼光，能趕上科技發展的快速列車，不斷創新求變，積極面對世界級的競爭。

二、投入科研的資源與資金比例相當大，其中有企業超過 50% 的人員為研究與發展人員，而且產品是自行研發的居多，取得專利，建立自己品牌，附加產值潛力很大。

三、建立數據庫系統，在大型複雜的數據中增強提取知識的能力，進而加快科學和工程的開發，不單提高企業競爭力，也保障國家安全。

反觀香港發展科技產業已有多年的歷史，但似乎和鄰近地區的發展略遜一籌。如果政府真的以發展科技為香港的重要目標，就應審視整個科技發展政策是否到位，是否需要加大投資，強化扶持中小企業的力度。

眾所周知，發展科技，人才是首要因素。近年香港在基礎教育中的加強科技元素的方向是正確的，值得讚許。當中一系列的計劃，包括分別向中小學提供一筆過 STEM 津貼等等。但這中間還有幾點需要進一步的改善：（一）重新檢視現在初中、高中科目課程，包括電腦與資訊科技教育的課程與課時，適時更新；（二）高中理科科目的內容也需要適時調節，與時並進；（三）增加同學修讀完整理科組合的機會，包括生物、物理與化學，穩固同學基礎，其中理科的跨學科概念的掌握也是相當重要的；（四）積極擴闊同學的視野，有機會應支持同學到鄰近地區高科技企業參觀與學習，觸發對科技學習的嚮往，也了解發展機會，明確自己的目標。

科技發展除了策略性安排外，還需包括基礎教育對有關內容的整體規劃，這樣才能使香港掌握未來，領導未來。

借鑑芬蘭的教育

鄭建德

直接資助學校議會一行三十多位校長和老師本月初到芬蘭考察教育，走訪了九所學校，聽取了三個專題報告，再經過密集的反思、分享、交流，收穫甚豐。誠然芬蘭與香港文化差異甚大，別人成功的經驗未必能照辦，但他山之石，可以攻玉，縱未能照辦，也可以借鑑。

芬蘭教育吸引人的地方，是以課時短、功課少見稱，但在以十五歲學生為測試目標的學生能力國際評估PISA卻名列前茅。據了解，芬蘭教育部門為課時制訂了指引，由初小至高小，延至初中及高中，循序漸進的增加。芬蘭幼童在無壓力的情況下玩耍和學習，培養閱讀興趣和自我追求知識的動機。到初中時，學習的深度與廣度提高，學生仍能應付自如。這觀察彷佛打了香港家長一記耳光，因香港家長常以為要「贏在起跑線」就要越早投入正規學習，導致很多學生在年幼時已對學習厭倦，或是以滿足家長和老師的期望而學習，失去內在對知識和學問追求的動力，這一方面確實值得我們深思。

此外，芬蘭人視教師為崇高的專業，對老師的專業判斷高度信任。在講座中聽到一個例子，就是你進到牙醫診所，你不會質疑牙醫對你牙齒問題的判斷。同樣地，當你進入學校，你不會質疑老師對你子女成長需要所作出的判斷。作為老師和校長，聽到這裏真有點不是味兒，因香港社會對老師的專業並不是如此尊重。從教育局為首，各式各樣的評核，包括校外評核和重點視學，都以一套既定的標準去審視有不同特色的學校、照顧不同學習需要學生的老師。家長要麼就是一副專家的模樣指點老師如何教導他的子女，要麼就是動輒向校長和教育局投訴老師。當然，老師的專業地位並不是一張教育文憑可以賦予的，是要老師群體自強不息，教育局的信任賦權，和家長的擁戴而建立的。

芬蘭政府對教育的重視，和對教育資源的投放，也叫我們驚嘆。我們探訪一間主流學校，其中有為照顧特殊學習需要學生的班（自閉症和過度活躍症），其人手比例大概是一比一。其他主流學生課堂除老師外也安排一位助教照顧有個別學習差異的學生。若要借鑑芬蘭教育，新政府承諾投放更多教育資源，在照顧學習多樣性上，有否機會增加資源？

芬蘭教育之旅

林建華

筆者於五月初跟香港直資議會三十多位校長及教師前往芬蘭作教育交流。芬蘭於一九一七年脱離俄國成為獨立國家，人口約有五百五十萬，有近一百四十萬人口居住於首都赫爾辛基及近郊。芬蘭國家及人口雖然很小，但在國際量度指標方面表現出色，包括經濟競爭力、國民自由、生活素質等都排在世界前列。

眾所周知，芬蘭學生在國際學生能力評量計劃（PISA）的評核表現，閱讀、數學、科學等成績，均名列前茅。芬蘭為七至十六歲的學生提供的免費教育，從二零一五年開始幼兒亦可獲得一年的學前免費教育。芬蘭有二十間普通大學及三十間理工大學，在最近IQS的國際大學排名中，芬蘭的爾辛基大學排名全球第七十名。

在我們的參觀訪問中，芬蘭人對他們的教育制度很自負，世界很多國家都對芬蘭教育制度抱有很大的好奇心。芬蘭的教育為甚麼這樣出色，筆者從參觀過程中有以下的體會。（一）芬蘭的教師專業地位崇高，雖然他們的教師薪酬在全世界比較來説並非太高，但教師的社會地位跟醫生及律師一樣高。每四位芬蘭人就有一位願意當老師，而老師的學歷要求也很高，除了學士學位外，任教中學及小學老師亦需要擁有碩士學位。（二）學校的課程較有彈性，教師在教學過程中擁有很大的自主權，教師每年的教學課時大概為六百小時左右，而每周老師亦有兩次共同備課節數。教師的培訓著重課程設計及學生評估，在小學基礎課程中更沒有統一的公開評核考試，學生沒有公開考試的壓力，教師可根據學生的個別表現而進行評估。（三）學生在課堂中做到真正的自主學習。在參觀過程中，筆者看見學生可以在課堂的任何角落進行學習，有些坐在桌椅上，有些坐在地上，有些甚至藏匿在書桌的下面進行個別學習，我們站在香港教師的角度真是匪夷所思。教師在每一學習任務中亦可佈置不同的學習目標，學生可選擇高、中、低的學習目標進行自主學習或接受挑戰，但學生都非常專注地進行學習，他們在無壓力底下享受真正的學習過程。（四）學生可以根據自己的興趣及志願，選擇普通高中學校或職業／專業導向的高中學校升學，有 40% 以上的學生選擇與自己興趣有關的職業高中課程，而全國亦有超過三十多間理工大學供學生繼續升學。

綜觀香港在教育的設施、教師的專業地位、課程及教學的彈性、考試制度等跟芬蘭有很大的距離，他們的經驗值得我們借鏡及學習。新任教育局局長不妨前往芬蘭進行教育考察取經，並在教育方面作出更大前瞻性的作為。

「一帶一路」哈薩克之旅

林建華

筆者有機會於六月二十三日至二十七日跟仁濟醫院屬下六間中學四十二位師生前往「一帶一路」的哈薩克斯坦（Kazakhstan）作參觀交流。哈薩克斯坦是鄰近中國新疆的中亞細亞國家，於一九九一年脱離蘇聯獨立，資源豐富，是以前蘇聯的糧倉，盛產石油。這個活動得到仁濟「一帶一路」旅學基金創辦人林煒珊女士贊助。

二零一三年九月七日中國國家主席習近平在哈薩克斯坦的納澤爾巴耶夫大學發表演講時，首次提出建設「絲綢之路經濟帶」的構思。同年十月三日，習近平主席在印尼國會發表演講時，再提出共同建設二十一世紀「海上絲綢之路」。自此，中國致力與各有關國家簽訂合作機制，借助區域合作這平台建立貫通亞洲、歐洲和非洲的經貿合作走廊。「一帶一路」的發展共同體也是建設「中國夢」的一部分，「粵港澳大灣區」更可以成為「一帶一路」建設的橋頭堡。

「一帶一路」涵蓋亞太、歐亞、中東、非洲，南太平洋地區等合共六十五個國家，總人口超過四十四億，佔全世界總人口的63%，全球經濟總量達30%。為此，中國更於二零一六年一月十六日於北京正式進行亞洲基礎建設投資銀行的開業儀式，有五十七個國家成為創始成員國。

哈薩克斯坦面積排名世界第九位，是世界最大的內陸國家，人口約一千七百萬，主要是哈薩克及俄羅斯族人為主。哈薩克斯坦人民風樸素，人民對旅客很友善。接待我們的三位導遊雖然是哈薩克族人，但説得一口流利普通話，原來他們都曾經在中國的新疆做研究生，學習中國文化及普通話。

我們今次的旅程雖然是短短四天。但行程內容豐富，包括坐三段纜車前往海拔三千米的麥迪奧雪山，遊覽有五千年歷史的世界文化遺產泰姆格裡岩刻、伊塞湖國家公園、民間市集，觀賞獵鷹表演等等，所到的地方風景美麗，很有中亞特色。而哈薩克斯坦的首都阿斯塔納（Astana）正舉行世界博覽會，我們也遇到一些前往觀賞博覽會的香港遊客，哈薩克斯坦是發展中國家，旅遊業還未正式開發，物價偏低，是我們值得一遊的國家。

學習的機會

黃桂玲

早前筆者學校的一位老師獲教育局邀請前往芬蘭考察，其中一項分享令我想到現今孩子的學習機會。

芬蘭的小學生差不多每星期都有一天戶外學習，有別於我們香港學生的全方位學習，芬蘭的老師會按專題的內容，帶領小學生走到野外、森林或河流等地方。學生除了在郊野觀察大自然生態外，還會進行遠足、爬樹、生火和紮營等活動。然而，學校並沒有為活動安排高度保護的措施，孩子們也只是一般的衣著裝備。森林的山路濕滑崎嶇，樹幹也多是粗糙骯髒，生火的木頭也不免要砍伐和沉重，那都是孩子們平常在家未必有機會接觸的情境。因此，學生在過程中可能會滑倒、割傷和不懂如何處理。然而，學校就更特意為孩子提供此等經歷，要讓孩子從中學習不同的技能，鍛鍊他們的膽量，培養他們的應變力、解難力和勇氣。最難得是芬蘭的家長大都多採取信任和「捨得」的態度，甚少因為子女損傷或說辛苦就向學校投訴，他們較願意讓孩子經歷一點「苦」來學習。

保護孩子是成人的責任，老師或父母都應該為孩子建立安全的環境和營造愉快的生活。因此，大家都小心翼翼、戰戰競競地照顧孩子，希望盡量把所有的「風險」都剔除，甚至寧願自己代勞大小事情，也必要確保孩子不受一點損傷，不受一點苦。曾聽說有家長擔心兒子在戶外活動曬傷，因而要求學校停止戶外體育課；也有因兒子擔任足球守門員受了傷，父母就怪責學校沒有為兒子提供頭盔及各種保護裝置，學校和老師差點就惹上了官非。也有身材健碩的小五、小六學生把自己的書包物品全扔給比他個子還小的家傭背負，自己卻坐在車上的座位玩手機。在大家都強調呵護和問責的情況下，學校敢於為孩子們提供有「風險」的活動已越來越少。孩子們能夠從經歷中學習到保護自己的方法，可能就只會流於紙上談兵，也沒有機會培養危機意識；更甚者連日常生活的自理能力和責任感也未必能建立。有學生到了入讀小一，卻連如廁的自理也不懂，經常要倚賴他人來幫忙。試想，孩子在此等情境下會快樂嗎？

孩子從呱呱落地，本能就會不斷學習。他們勇於嘗試，樂於探索，而且不怕失敗，因而慢慢學會了走路及各種生活的技能。偉大的發明家愛迪生進行過成千上萬的實驗，經歷了無數失敗和「風險」，當中一定吃過苦頭，捱過嘲諷和付出極大努力，然後才為人類的生活文明和科技成就極大的貢獻。要孩子能茁壯成長，他日長大能經得起人生的考驗，相信要從小就給予他們各種生活經歷的機會，鼓勵他們克服困難，勇於嘗試；也培養堅毅、承擔和靈活變通的思考。在過程中，孩子難免會有沮喪、挫敗、挑戰和眼淚。作為師長和父母也許會心疼，但應該是他們的聆聽者、同行者、支持者和人生教練，卻不能奪取他們經歷、學習和鍛鍊的機會啊！

上有天堂、下有蘇杭——最憶是杭州

黃金蓮

最近我與兩位同事參加了由直資議會舉辦的「杭州 STEM 教育交流考察團」。在五天行程中，我們一行人秉持著促進兩岸學校教育文化交流發展的信念，到訪了幾所杭州的小學、中學和大學，參與了觀課並和校方領導交流互相切磋。

杭州的學校處處都是美的呈現，校園佔地遼闊，專科教室設計得美侖美奐，硬件及軟件均設備完善，讓老師在教學過程中創設情感氛圍，使學生學得投入，大大的提升了學習效能。

此外，各所學校的管理層也利用其學校資源，透過規劃、組織、執行及控制提升學校的效能。透過兩岸學校交流，大家都吸收更精緻的辦學理念，研發校本特色課程。因此，這次我們所到訪的學校都有其校本特色。

杭州外國語學校是浙江省教育廳直屬的省一級重點中學，校訓為「為祖國而學習，為未來做準備」。杭外是課程改革的先驅，是內地少見的六年一貫學校。杭外提出「一個中心兩條主線三個方面四點思路」的教改方針，即以「深化課程改革」為中心，抓住「學生發展、課堂教學」兩條主線，注重「課程建設、師資建設和教材建設」三個方面，堅持「國家課程校本化、選修課程特色化、社團活動課程化、隱性課程系統化」的課程建設思路，致力於建構多元化、特色化和優質化的課程。杭外學生除了漢語及英語外，也有機會學習法語、德語、日語、西班牙語等多語種課程，為配合祖國對外開放的發展需要培育高級外語人才。

杭州育才中學是一所民辦公助性質的初級中學，校訓為「樣樣落實，天天堅持」。育才推行的「全員德育」政策是學校的亮點，全體教職員一起鍛鍊並遵守的學校的核心價值：「一身正氣；敬業是一種習慣；快樂激情；決勝課堂；服務至上」。而「廣博的知識，頑強的意志，強健的體魄，出眾的能力，端正的人品，崇高的信念」就是每個育才人成長的目標。

杭州市錦繡中學是由杭州育才中學創辦的民辦公助性質初級中學，校訓同樣為「樣樣落實，天天堅持」。錦繡的教師來自全國各地不同的學校，為學校帶來了其他學校優良的作風和教學方法。通過深入開展「教書育人、管理育人、服務育人」的理念，推行「抓得實，盯得牢，學得好」的教學特色。

浙江音樂學院是中國獨立設置的專門音樂學院之一，由浙江省人民政府舉辦，校訓為「事必盡善」，以「高水平音樂學院」為目標，以培養「專業基礎厚實，實踐適應能力較強，個性特色鮮明的高素質音樂藝術專門人才」為定位。校園設計宏偉、設備專業且完善、課程水平高，努力為祖國培養藝術人才並為國家作出新貢獻。

此行令我們對杭州不同學校的教學推廣實況都有所了解，亦促進了相互的交流。各校的優點激勵了我們要充實自己，加強 STEAM 教育，在教學、課程、設備及教育理念上精益求精，提升教學及辦學質量。

總括而言，這五天交流團給我們的，不只是與志同道合們同行分享的愉快記憶，也帶給我們珍貴的學習得著和感受，可說是滿載而歸。最憶是杭州！在此衷心向香港直資學校議會提供這次寶貴的交流經驗致謝！

杭州創意與科技發展的動力

關穎斌

去年十二月初參加了香港直接資助學校議會杭州 STEM 教育考察團，對內地科技發展開拓了視野，也感到杭州科技發展一日千里，很多方面也值得香港借鏡，特別是政府採取的積極有為的科技政策。

今次參觀了杭州高新區（濱江）物聯網產業園，這是國家批准杭州高新區建設國家自主創新示範區的一個重要組成部分。數年間，產業園內物聯網企業已超過一百三十多家，包括智能電網、智慧交通、智能環境與安全檢測、智慧醫療系統等技術企業，為城市建成大數據系統，提升城市的效率和效益，提升了內地人民生活的幸福感。

政府在高新區重點發展四強產業，包括軟件產業、物聯網產業、通訊設備制造產業和文化創意產業；以及四優產業，包括電子商務產業、生物醫藥產業、新能源光伏太陽能產業和集成電路設計產業，目標明確。短短數年，高新區的科技企業的競爭力不斷提升，當中不少在全國，乃至全球都是知名的大企業。高新區成功之處是政府扮演積極的角色，實施了多項措施以加快科技產業的發展步伐，其中最重要是吸引高科技外地人材的政策，包括提供高達五百萬元的創業啓動資金，給予辦公室租金補貼、貸款利息補貼和住所租金補貼等重點扶持措施，為高技術人員提供優厚的創業條件。

除了參觀了物聯網產業園區外，筆者還參觀了文化科技創意產業——中南卡通。中南卡通是內地民營企業，本來主要生產的是玻璃窗等建築材料，但企業領導有前瞻性，二零零三年優化企業結構和轉型升級，發展科技動畫產業。企業不斷構建創新體系，促進科技與文化的融合，形成一條研發、設計、制作、後期渲染、衍生產品行銷的科技動漫產業鏈。

動畫部門與大學大專院校成立了創作研發中心和博士後工作站，開發技術合作和培養人才，實踐了產學研高科技發展概念。此外，企業承擔了很多社會與國家發展戰略責任，參與十二五國家高技術研究發展計劃項目，包括3D內容感知生成技術和系統、面向行業的動漫遊戲應用關鍵技術等研究，展現政府與企業合作的重要性等。

全球動畫產業一般被美國、日本、西歐所壟斷。這些國家透過卡通，將文化輸出，除了為國家帶來巨大的利潤，也為國家帶來巨大的文化影響力，增強國家的軟實力。因此，發展動漫產業會使世界更多人認識中國，這是國家發展戰略。

杭州創意與科技發展一日千里，其根源在於政府的積極性，為企業發展創造了優越的條件和清晰的方向目標，使企業家的承擔精神和年輕人的創意空間得以發揮。在這樣的引擎下，動力將會是源源不斷的，杭州的創意和科技成就相信在不久的將來會更令世人讚歎！

讓學生多讀、多思、多寫、多說

盧偉成

去年十月，筆者跟隨教育局的代表團到杭州進行教學交流。在行程中，筆者受託教授一節公開課。當了十五年校長，再次披掛上陣，回到內地教授一節中二級的科學課，對筆者來說實在是一份挑戰。在教學場館內，除了學生以外，還有多位老師、校長、學者和兩地之教育官員在場；在「百目所視、百耳所聽」的情況下，還背負著代表香港的名義，內心的壓力，實在不言而喻。

筆者心知自己在普通話方面的「實力」，尤其當信心不足，一說起普通話來，平時口若懸河的我，也會變得笨口拙舌。上課前，一位內地人士聽得出筆者的普通話「水平」，便說：「校長，你真的用普通話來教嗎？」筆者回答說：「不用擔心，我會盡量少說，而讓學生多說呢！」筆者在普通話方面不太靈光，卻讓學生有機會多說，不是很好嗎？

有個有關學習的寓言，故事是這樣的：列子學射箭，射中了箭靶，便報知關尹子。關尹子問：「子知子之所以中者乎？」（你知道自己何以射中箭靶嗎？）列子說：「弗知也。」列子於是退去苦練，然後又報知關尹子。關尹子再問：「子知子之所以中乎？」列子回答說：「知之矣。」關尹子於是說：「可矣；守而勿失也。」列子兩次報請關尹子，關尹子則兩次發出同樣的問題，關尹子必定認為知其所學的重要。

孟子也曾經這樣說：「博學而詳說之，將以反說約也。」孟子認為學習者在學習過後，必須做到詳細解說所學，也須做到深入淺出，把學習的精要說明出來。

筆者在公開課裡面主要處理七件事情：（一）向學生提問；（二）指示學生閱讀；（三）著學生把自己的想法並從閱讀中所學會的書寫下來；（四）安排學生分組討論彼此的意見；（五）指示學生評論其他組別的心得；（六）引導學生總結所學；（七）邀請多位學生說出所學。

在課堂裏面，筆者說的普通話當然「普通」，然而，學生的學習表現卻不平凡——學生投入學習，並在思維和表達方面皆令筆者大開眼界。

就讓我們給予學生多讀、多思、多寫、多說的機會，令他們的學習活起來！

特色學校　多元教育

黃桂玲

去年的十二月三日至七日，香港直資學校議會舉辦了杭州 STEM 教育交流考察團，筆者和三十多位來自直資中、小學的校長老師一起渡過了充實的五天交流學習。杭州市是中國高科技及網絡工業發展的先進城市，是創科發展的搖籃地，是山水共兼，風景優美的地方，更是歷史文化底蘊豐厚的古城。我們在行程中除參觀了創科高智的單位，也探訪了不少具備特色的中、小學及專科學院，當中不但使我們長知識，也給了大家多元的啟發，實在獲益良多。

我們到訪過杭州市富陽區東洲中心小學（濮家小學）、杭州市賣魚橋小學、杭州上海世界外語小學、杭州外國語學校及杭州育才中學，並在這些地方進行了觀課、評課和分享交流等活動。在濮家小學中，我們認識了該校的「企業」理念。學校以「陽光校園」為主題，並把學校視為全校師生的家族產業。學校（家族產業）有三場，分別是「陽光工場」、「陽光農場」和「陽光商場」。家族成員（學生）透過 STEM 課程，在「陽光工場」學習如何使用不同的工具，製作自行設計的手工藝品，甚至是機械人。「陽光農場」包括天台的農場，讓師生種植不同季節的時蔬，並設置污水收集，經處理後再用作灌溉之用。此外是球場旁的「豬寶堡」飼養了八頭「金華豬」，學校師生或家長除了需要定時餵飼「寶寶」外，還需要替「寶寶」洗澡和清潔住所。學校把工場的製成品和農場產出在校內的「陽光商場」售賣，讓學生體驗營商管理。在上述的學習活動中，學校把語文、數學、自然科學、環保、科技、工程、資訊科技、商業和藝術等融合在隱藏課程中，使不同級別的學生從體驗中建構知識，並且幫助學生培養溝通、解難、協作、策劃等各方面共通能力。

當日參觀後，隨即在濮小舉行兩地「學校改進與課程建設」研討會，席上有來自多間杭州市小學的校長，他們都介紹了個別學校的特色課程，總之各有心思，都是能夠為為學生提供不一樣的學習經歷，實在值得借鑑。

配合時代的急速發展和不同學生的需要，教育應該多元化，學校應有其特色。香港直資學校計劃推行近二十年，學校都能按著其辦學理念，運用下同的資源而建立其特色，為家長及學生提供不同的選擇，豐富了香港的教育。筆者服務的學校經過十五年的努力，在課程規劃及內容上實踐了三環架構，以主要學習領域、單元課及延伸學習互相配合的校本課程，為學生提供廣闊而均衡的學習經歷。學校亦突顯了愉快有效學習和全人教育的亮點。教育需要與時並進，學校需要不斷自我完善和發展，我們的下一代就能享受優質的教育。

從姊妹學校交流到「一帶一路」沿線國家考察

關穎斌

特區政府《財政預算案》提出在二零一八至二零一九年學年起，將促進香港與內地姊妹學校交流試辦計劃恆常化。參與學校每年獲得十五萬元津貼，這會受學校歡迎。筆者學校於三年前開始參與姊妹學校試辦計劃，效果理想，形式包括與內地同齡人一起上課、生活、聯誼活動和做專題研習等，不單促進學習，最重要的是與內地小朋友一起進行深度文化交流，增進友誼。

其實民心相通不應局限於與內地姊妹學校交流，今年二月底有幸組織十位同學參與「一帶一路」民心相通計劃項目的香港青年新跑道計劃，在本校當地舊生帶領下到「一帶一路」沿線國家菲律賓考察六天。

同學在短短數天感受良多，從當地華商身上除了感悟到「胸懷祖國」，還有他們「放眼世界」的目光。而「放眼世界」也正是「一帶一路」所提倡的理念。校友們提到菲律賓是一包容多元文化的國家，再加上中菲因「一帶一路」的影響而文化、經濟交流日漸頻繁；雖然競爭力仍遜於香港，但是有較大的發展空間。因此，在菲律賓或其他「一帶一路」的沿線國家創業，對於同學的將來是一個不錯的選擇。重要的是，通過與當地華商和港商座談，同學明白到不能將視野局限在本土，應該跳出條框，到內地或者國外尋找機遇，有過嘗試才會發掘自己的潛力和極限。

除了加深對「一帶一路」和「生涯規劃」的認識，同學還領悟到學習和處事的態度。本校校友提到活到老學到老，我們不僅要從課堂上學習，還應該在生活中學習，以生活積累的經驗不斷提升自己、完善自己，因為知識是奮鬥的資本。另外，人要有長遠的目標並且把握機會。有舊生師兄被稱為「米王」，但其實他除了發展米業，還涉足生物質能發電行業。他看到米廠堆積如山的穀殼，同時也看到了商機——以穀殼發電，環保且賺錢。正因為他抓住了這個機遇，所以建成了菲律賓最大的生物質能發電廠。可見人生有目標，是成功發展企業的關鍵。

教育應為孩子未來作準備，所以不應局限於香港的課堂，也應觸及內地與世界的實際環境，特別是下一代如何認識「一帶一路」國策所帶來的發展機遇，這需要政府投放資源以作配合，也為香港尋找新的發展動力。

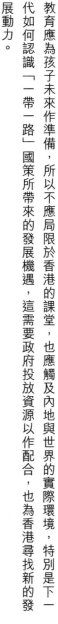

再談大數據於教育上的應用

徐區懿華

每年趁著復活節假期，我校行政團隊都會前往不同國家地區取經。去年去過新加坡 Northoaks Primary School，一間跟我們一樣推行 Stephen Covey《成功人士七個習慣》小學課程的學校；也到訪了不少歷史悠久如華僑中學等培養頂尖人才的學校。在教學管理、以學生為中心的課程，開發學生思維等課題上獲益良多，但卻暫時未見到有關大數據的運用，對方亦坦言 STEAM 的發展暫時仍在課後活動上。不過，相信以新加坡教育系統培訓教師及監察教育質素的效率，要推動全面運用大數據及實施 STEAM 課程，由起動到在學校落實，一定不超過三年。

今年我校行政團隊前往北京，除參訪創科企業了解國內先進技術及參訪一些重點學校外，也與早前結為姐妹校的朝陽區實驗學校作首次交流。起行前只知對方在音樂及藝術領域上成就非凡，豈料此行卻大有驚喜。對方在創科發展上已不只流於形式上，而是已在課程中引入創科思維，滲透在學生日常學習中。而學校在教職員、學校及學生管理、教研等方面，在大數據應用的領先上更叫我們讚歎不已。

先談我們最關注的教學，學校已有完整的課程及學生學習顯證的表現指標，在主要科目上透過學習平台把學、教、評，作量化及質化的相關連。各科教師按課程進度在系統上把課業發給學生，系統根據學生學習表現再調節發出不同的鞏固課業，以適應學生的程度及需要，提升學生學習果效。學生在校歷年的學業成績、作業數據、獲獎數據、評價數據，質性的博客數據、體質健康數據、校內其他表現數據，一應俱全。整個班級各科學習成績表現的數據，也能輕而易舉地從平台上獲得。配合前校長著名的馬芯蘭教學法，該校數學科成績特別突出，六年小學數學課程能於五十八節課內全部學畢及加以鞏固，100% 學生達致數學優等成績。

在教學方面，各班教師的任教數據、作業診斷數據、教師獲獎數據、教學資源數據、教研數據等亦是一目了然。這些數據可說是老師的個人專業歷程檔，有助學校調節教師培訓內容及策略，協助教師提升教學效能。

學校育人，可不是一堆數字或質化數據可以概括的。原來，學校早已在這裏作出平衡，關顧學生健康不是說說便算，校內時間表容許學生有大量活動時間，學校也為關注學生視力、口腔衛生等各方面，設置了專用的設施。學生在校園內自由穿梭各課室並須要在指定時間去到指定地點上課，學生們活潑開朗，但亦同時展現了優秀的自我管理能力。學校在品德、文化、藝術、領導力等各方面的正規及非正規課程亦已非常完備。

以為這是個別學校發展得特別快，但實際上類似平台及相關的人工智能系統已全面為教育開發及服務。部分曾隨教育局前往不同國家地區考察的同事及友校校長，均曾有過同樣的評價：海外及內地教育發展，特別是使用大數據把學教評緊密關連，一日千里，使教學更有效能，省卻不少學術教學時間，讓學生在其他方面得以發展。而我們則仍停留在要不要全級考全港系統性評估，學校要不要取得自己的數據的爭議。不用再問：誰偷走了我的乳酪？這是我們自己的選擇。

敦煌教育資源

關穎斌

筆者參加了香港直接資助學校議會敦煌文化教育考察團，獲益良多。敦煌地處河西走廊，是古代絲綢之路的要道，中原通往西域的交通樞紐，是世界文明的交匯之地，因此中國歷史、地理和人文的教育資源甚豐。

漢武帝據兩關，列四郡，從莫高窟到陽關、玉門關、從月牙泉到鳴沙山，所有的名勝古蹟，都將歷史的線索串聯起來，構成一本活的歷史課本。

出敦煌市區，一座漢代的烽火台矗立在小山丘，「西出陽關無故人」的意境盡在眼前。離陽關不遠便是玉門關，玉門關有小四方城和漢長城遺址，「春風不度玉門關」的境界也呈現在眼前。在附近的博物館，展示了多件文物，有經文、漢簡、書畫和絲綢等，這是身臨其境，學習中國歷史歷朝歷代重大事件的絕佳地點。

離敦煌市區不遠，敦煌莫高窟匯集了眾多的神像和壁畫，共同展示了人類的生老病死，苦與樂和輪迴的觀念，把人們從絕望的邊緣引向希望的境界，教會世人樂天知命的人生哲理。石窟的大規模工程也展示了古人虔誠的感恩和對造物的自信，以上種種都構成價值教育的立體圖案。

此外，敦煌位於中國西北內陸地區，屬沙漠氣候，全年雨量少，因此造就了豐富的地理教學資源。首先，沙漠地形資源甚豐，因經過歲月洗禮，沙丘沙粒非常幼細，從半月形沙丘形態，可以研究沙漠的風向與岩石的性質。在沙漠中偶有泉水和地下水流出，形成綠洲，甚至成為沙漠難得一見的濕地，候鳥在這片土地休養生息。敦煌雅丹地貌更是研習因岩石構成的不同而形成的風力侵蝕地貌的好地方。當地是沙生植物王國，沙丘之上，有很多旱生植物，例如駱駝刺、紅柳等。以紅柳為例，該植物不單能穩固沙漠，也是經濟價值甚高的植物。紅柳不僅能當作燃料，紅柳枝還能編製筐和製作叉刺，成一本活的地理課本。

因此敦煌不單是香港同學認識國家歷史的好地方，也學習價值教育和地理知識的地點。國家提倡「一帶一路」發展國策，敦煌是「一帶一路」沿線地區，發展潛力豐厚，包括旅遊資源、日照和風力資源、農業資源、礦物資源等，如繼續加強向外宣傳和持續改善交通，經濟發展會更快更好！

參觀深圳華為有感

林建華

華為董事長任正非的女兒孟晚舟在加拿大被政府扣押待查及引渡往美國受審，事件被視為對華為的打擊及拖慢中國科技發展的陰謀。這事件已引起中、加兩國外交及政治風波，也是美國總統特朗普對中國 2025 中國製造發展策略的一項打擊。回想早前有機會前往深圳坂田華為「企業業務行業解決方案展覽廳」及企業園區參觀時所始料不及的，參觀活動由華為香港企業業務部安排，參觀過程中讓我們大開眼界。

華為手機現已在香港打開市場，分別與 iPhone 及 Samsung 在香港已成為手機市場的主要三大公司。原來華為於一九八七年由任正非等人創辦，最初只有六名員工，經過三十年的努力，二零一八年華為已有十八萬員工，並在世界五百強企業中排名七十二，業務擴展至一百七十多個國家及地區。

華為已把電子大數據應用到人類生活的方方面面，包括智慧城市、金融、能源、交通、製造業、教育、醫療、媒體等等；城市大數據更應用到城市治安。數字化轉型已成為人類第三次產業革命，人工智能已引發新一輪的技術革命或第二次機械革命。

華為的創辦人是大名鼎鼎的任正非，他於一九四四年出生於貴州安順，一九六三年考入了重慶建築工程學院，並於一九六八年毅然應徵入伍。他於一九八二年離開了軍隊，南下深圳在南海石油集團旗下的電子公司任經理。後來，他跟五位好友籌集了二萬元來創立一間名為「華為」的公司，背後有「中華有為」的崇高理念。最初以生產電腦「交換機」業務為主，後來進行通訊「交換機」及通訊設備與系統的研發。

華為在第五代（5G）行動通訊系統在世界有領先的地位，5G系統能提供極快的傳輸速度，是現在4G網絡的四十倍，為物聯網、無人駕駛汽車、無人機等新技術的應用起極大的作用。

華為可說是最有代表性的中國企業而能進入國際市場的代表，華為的成功可以歸功於任正非的個人魅力。二零零五年美國《時代周刊》更把任正非放在全球一百名最具影響力的人物榜。任正非以自己的個性、智慧、意志力，在中國企業發展史創造出不朽的業績，為世界科技產業革命作出了非凡的貢獻。

埃塞行

關穎斌

中國國務委員兼外交部長王毅於二零一九年一月三日訪問亞的斯亞貝巴時會見記者曾説：「埃塞爾比亞和中國是親密友好的兄弟，是全面戰略合作夥伴，落實中非合作論壇北京峰會成果和共建『一帶一路』兩大機遇，重點加強在基礎設施、工業園區、能源、農業、人力資源開發等領域合作，助力埃塞提高自主發展能力，實現兩國的互利雙贏。我們期待中埃全面戰略合作夥伴關係在新形勢下繼續發揮示範作用。」就是在這樣的宏圖偉略下，香港教育界於一月底一行十餘人踏上了埃塞的探索之旅。

埃塞是非洲大陸最早同中方簽署共建「一帶一路」合作檔的國家之一。埃塞繼續為共建「一帶一路」在非洲大陸的發展發揮橋樑和紐帶作用。此次校長考察團走訪了中國駐埃塞大使館、東方工業園、埃塞中國商會、阿的斯亞貝巴輕軌系統、亞吉鐵路、華堅工業城、華為企業等，體會和獲益良多。

首先，中國致力與埃塞發展平等互利的關係，中國企業為當地進行多項的基建工程、包括水利、公路、鐵路、機場等，以基建帶動經濟發展，而且當地人通過學習掌握了技術和管理後，中國便將基建轉移由埃塞管理，從而幫助埃塞提高自主發展能力。

此外，中國企業的管理人員和員工千里迢迢遠赴埃塞工作，投入當地建設，不單要離開家人，還要適應當地的生活環境，而且大部分都是八十後和九十後的年輕人。他們面對挑戰不畏不懼，尋找機遇，並協助當地人擺脱貧窮，這種精神值得香港新一代學習。

中國企業大量聘用當地人在各個層面工作，改善了本地人的就業機會。在企業工作的埃塞人也不斷從中國管理人員中學習，希望通過知識改變命運。例如在輕軌工作的埃塞管理人員經過兩、三年的訓練，都會從中方人員的指導下學到一門好手藝，提升自己的專業能力。

中國和香港投資當地的企業，例如造鞋廠。造鞋是勞工密集工業，埃塞不單有大量勞動力、而且提供便宜的土地，是設廠的最佳區位選擇，也為埃塞創造了大量就業機會，發展經濟。中國商人也有投資藥品廠，因埃塞欠缺醫療產品生產的技術，所以華商在此生產的藥品也會直接供應給當地的醫院，為當地人民造福祉。

當然，在埃塞投資的企業也並非一帆風順，同樣會面對很多挑戰，包括一些偏遠地區的部落衝突和政府政策的經常轉變和不確定性等。然而，當地中國大使館和中國商會與企業同行，與政府溝通，為企業爭取合理的權益。

從以上例子可看到埃塞俄比亞作為「一帶一路」沿線國家，中國致力協助當地發展經濟，也創造了年輕人無限的發展的機會。香港作為中國的一部分，我們下一代也應抓緊發展中地區的機遇，在無窮無盡的天地裡盡展抱負！

教育界國慶訪問團見聞

關穎斌

在國慶節前夕，筆者與百多位校長老師前往湖北省參觀，考察歷史、經濟發展和教育，對中國內地的發展有深入的體會。高速發展的基建和高質素的課堂是今次訪問中最重要的體會。

高速發展的基建

我們參觀了長江三峽水利工程，大壩位於三峽西陵峽內的宜昌市夷陵區三斗坪，是世界上規模最大的水電站之一。自大壩於二零一二年全面投入使用後，為中國中部地區帶來很多效益，包括發電、航運、防洪、防旱，並帶來發展旅遊業的機遇。

大壩所生產的電力主要供應至湖北省、河南省、江西省、重慶市和湖北省等地，甚至延伸到華東和華南地區，為內地大部分省份提供了經濟發展最重要的動力來源。

此外，大壩改善了航運，在這次參觀，也了解大壩有升船機和船閘，讓大船通過。在枯水季節，五千噸級船舶可從上海直達重慶港。而在豐水季節，萬噸級郵輪可在武漢、重慶兩地航行。而且通過水庫的放水，還可改善長江中下游地區在枯水季節的航運條件。因此大壩工程改善了交通，造福了長江流域上、中、下游的經濟發展。

在今次考察活動中，我們共搭乘了四程高鐵，四程高鐵都準時到達，分秒不差，這也是由中國鐵路管理的進步。在武漢，我們也參觀高鐵集團的訓練學校，學校課程嚴謹，設備先進，與世界接軌，且內地高鐵科技高速發展，相關技術已輸出世界。

高質素的課堂

此行我們有幸觀摩了當地中學一年級的地理課，該課的主旨是學習經緯線。課堂的組織設計都是高質素的，老師運用了多媒體設備、純熟地運用提問方法，或用合作學習等互動教學方法，學生學習富趣味性。最讓筆者欣賞的是課堂教學除了傳授知識，與價值觀教育相結合，更帶出內地發展國產衛星導航系統對國家安全的重要性。

國家發展一日千里，不論教育和基建發展都有很多變化。近年內地教育吸取很多國際教育精粹，課堂百花齊放，也有很多值得學習的地方。內地也有很多新建設，除了長江三峽大壩外，一些創科基地及大型汽車製造廠都值得同學們多接觸，這是一件好事！

科教興國之路

鄭建德

國家自一九九五年提出全國實施科教興國的戰略。時任國家主席江澤民為科教興國提綱挈領，指全面落實科學技術是第一生產力的思想，堅持教育為本，把科技和教育擺在經濟、社會發展的重要位置，增強國家的科技實力及實現生產力轉化的能力，提高全民族的科技文化素質。此國策推行將近四分一世紀，藉著這次高校科學營（北京營）的活動，我彷彿嘗到科教興國的甜美果實，也思考著科教興國之路的發展方向。

在北京大學營，我有機會聽到來自各省市的高中學生作科研報告，發覺學生的科學知識十分豐富，科研水平亦相當高，已大大超出高中課程的要求，也非教科書所能提供。由此可見，只要激起學生的興趣，他們的潛質就能被開發，邁步走上科研之路。在北京科技大學營，我有機會聽了一場精彩的專家講座，講座內容理論與實踐並重。然而，我最期待的反而是講座末段的答問環節，聽到年輕學子踴躍提問，反映他們對知識的渴求。正如喬布斯（Steve Jobs）的名句「求知若飢，虛心若愚」（Stay hungry, Stay foolish），這些年輕學子給我看到中國的未來。在北京航空航天大學營，我看見的又是另外一幅圖畫，是一群充滿熱情的學生在操場上進行模型飛機飛行大賽。我見證他們努力去嘗試，失敗了，修正了，再嘗試，懷著不屈不撓的精神，在邁向成功的道路上努力。這些年輕人正是科教興國之路所須的生力軍。

我在大學時主修化學，也曾參與基礎研究，常被質疑生活在象牙塔，做一些沒有即時應用性的科學研究。然而，我準知道基礎科學為應用科學提供堅實學理支持；應用科學為基礎科學找到改善人類生活的出路，是唇齒相依的一對好朋友。其實從事科學研究如是，從事其他專業如是，我們都互相依存，為的是建設美好社會，造福人群。

參加高校科學營的學生，都是全國各省市高中學校的精英，也是科學研究的愛好者。高校科學營所帶給同學的經歷可能只是一顆小種子，但假以時日悉心灌溉栽培，必會有美好的果實收成。我期盼參加高校科學營的每一位同學，都能胸懷普世，為人類的幸福而努力。

直資人語

第五章　感遇：人生掇拾

粵語吟誦之傳承

招祥麒

粵語吟誦的傳統，可以追溯到三千年前的周代，當時掌管國家音樂的最高官員「大司樂」以「樂語」教授國子時，用了六個步驟：興、道、諷、誦、言、語。其中背文曰「諷」，以聲節之曰「誦」。要學生背文，當然要求出聲，背熟以後，進一步要求學生以優美的聲音演繹，作為歌唱前的準備。由此可見，「誦」，是在「背書」的基礎上，詠而出之，不須歌譜，無樂器伴奏。

這種沒有歌譜的「誦」，歷代都是語言文學「學」與「教」的必要手段。唐代韓愈所說的「氣盛，則言之短長與聲之高下者皆宜」，就是強調讀書的方法。到了清代，「桐城古文家」更將韓愈的見解發揚光大，提出了「因聲求氣」的觀點，這對於朗誦理論的發展非常重要。

粵語本身有成熟的語言系統，擁有陰平、陰上、陰去、陰入、陽平、陽上、陽去、陽入及中入九個聲調，完全與中古時代相同，演繹古典作品特別是詩詞，可謂更見靈活、變化優美而多姿多采。

據筆者的認識，近代粵吟的傳承，廣州自朱庸齋以降，其弟子蔡國頌、楊平森、沈厚韶、崔浩江、呂君愾、郭應新、蔡廷輝、王鈞明、陳永正、古健青、梁雪芸、李國明、梁錫源、蘇些雩等，都能從傳統詩詞文化出發，結合粵地音樂文化吸收拖腔之法，豐富了吟誦技巧和藝術效果。

在香港方面，筆者的老師蘇文擢教授，畢業於無錫國專，親炙桐城一脈的唐文治校長及諸師的教誨，加上家學淵源，發揚並改良了傳統吟誦的特色。蘇教授在香港中文大學教學之時，先吟誦作品，然後解說。他「以聲帶情」的技巧對於文章的內容表達、對於學生的影響非常大。他退休之前，在中大組織了朗誦小組，學員都是中大中文系學生，包括徐家華、楊智森、張慧清、余敏生、李婉華、李向榮、梁宛華、李惠珍、龔廣培等；又於珠海書院擔任講座教授時，組織詩學小組（後更名「鳴社」），傳授詩學之餘，亦推廣朗誦藝術。蘇師嘗言，作詩音感極其重要，無論古近各體詩，皆須朗誦以求音響諧協。詩組成員包括蘇文玖、招祥麒、黃惠貞、楊利成、顏春芳、李婉華、區永超、郭偉廷、陳潔玲、吳振武、鄒穎文、柯舉義、葉成忠、楊嬋貞、鄭惠貞等。

此外，筆者的老師陳耀南、單周堯，前輩如洪肇平，朋友如莫雲漢、施仲謀、劉衛林、鍾志光、陳志清、嚴力耕、董就雄、葉啟明；學生如黃明霞、黃嘉文、李慧萍、禤寶健、郭晶等，都能以粵語吟誦詩文，各具特色。

香港開埠以來，國內名家大師寓港者輩出，其中廣東籍佔的比例頗多，吟唱之風不絕。陳師本、何師丘山、陳湛銓、吳師天任、何叔惠等，授課之時，吟聲繞樑；何叔惠甚而有吟誦錄音，在網上流傳，彌足珍貴。又如培僑中學前中文教師朱壽江先生，聽校友所言，其吟誦功力深厚，既無保留錄象錄音，前輩風範，也只能心焉嚮往了！

文化之旅紀遊詩

招祥麒

中國文化院在半年以前舉辦了一個全港中學生中華文化大型徵文比賽，非常成功，獲獎的作品無論在主題內容和寫作技巧上，都很出色，後來結集成書，中國文化院院長、原人大常委會副委員長許嘉璐教授看到原稿後，親自為作品集撰寫序言，表達對香港年輕人的期許。

剛過去的一星期，大會邀請了得獎學生及幾位評委參加了一次「中華文化之旅——探尋漢字之美」活動。筆者隨行，在旅途上為學生作了一次主題講座；同時，每到遊覽景點，紀之以詩，或即事興感，或即景抒情，兹選錄其中幾首，與讀者分享：

中華文化之旅開營儀式聽營員講話有感

豫地情懷別樣深，文明探索此中尋。華堂今夜聲回盪，雛鳳高鳴逗客吟。

黃帝故里

相攜新鄭禮軒轅，九夏倏然細雨喧。眼底青年關國運，同心同德是同源。

具茨山

我欲登山不見山，緣慳巖畫霧雲間。軒轅少日閒遊處，深樹迷途路幾彎。

鄭公壹號大墓

舉世競豪奢，有錢鬼推磨。滿眼暴發戶，衣冠禽獸多。德教誰有責，大官詆丘軻。惜哉鄭公墓，千秋一瞬過。喪制不逾禮，遺物證無訛。覽觀無暇言，悟此發浩歌。

中國文字博物館

一館能藏萬象森，溯源表末耐沈吟。誰人解得文和字？文字卻愁古與今。

殷墟宮殿宗廟遺址

尚鬼殷人俗，炭火灼龜卜。腹裂兆文生，持此徵禍福。偉哉盤庚遷，到此王城築。縱橫數十里，十萬人與畜。忍念繁華地，帝辛不能續。酒池與肉林，君暴多淫欲。新朝説舊朝，記述難具服。從來敗成寇，善惡史難讀。宮殿無人修，宗廟豈能復。廢墟經時劫，泥埋如獸伏。悠悠三千載，甲骨驚眾目。文字賴以存，深研多名宿。器物百年間，出土猶未足。遺址今我來，炎夏天氣酷。巡墓主靈滅，僕骸鬼仍哭。視此徒唏噓，亙古騷魂逐。

訪少林禪院用柏梁台體

少室山前火雲高，游人絡繹不畏途。盛名少林盡雄豪。未聽蟬鳴與鳥號，撞鐘聲入醒吾曹。刻苦訓練如軍操，表演未負武僧袍，內修禪定莫慌逃。名利之場似鋒刀，機心算盡計分毫，身在塵俗心在牢，日銷月鑠形神勞。不枉千里來一遭，興致高昂樂陶陶。

許慎文化園謁漢孝廉許公之墓

偉哉許公，功在文化；説文解字，千古無亞。以部建首，執簡馭繁；檃括條理，剖析根源。鈎尋探索，眾心在豫。高山仰止，愚頑其恕。願乞餘膏，光照中華；識古通今，惠及遠遐。

舊體詩的寫作，要求甚高，以上選的作品，有古體的四言、五言和七言，有近體的七絕，格律各有不同，但最終仍是抒寫性靈，求真求實。希望拋磚引玉，就不避見笑高明了！

夥伴合作

招祥麒

最近應一間學校的邀請，以「夥伴合作」為題，為教師作專題演講。事前，該校林校長與我溝通，建議「引入事例以闡釋同事間的分工行事中，如何包容及處理矛盾，做到為大局互相合作；如何為領導層和中層領導的承傳接棒，以及漸次賦權前線老師作更多承擔。」

林校長的要求促使我反思三十多年的教育生涯，由基層教師升任中層管理，再升任副校長、校長，在不同的崗位都面對不少困難和危機。單打獨鬥艱難度過的確是有的，但大多時都是通過「夥伴合作」，在團結就是力量的情況下將問題解決。《詩經．秦風．無衣》兩句：「豈曰無衣，與子同袍。」戰國時代，秦國之所以能一統天下，就正因士兵高昂的戰意與團結精神。任何學校要持續發展，都需要共同目標的戰友，摒棄個人矛盾，為大局而努力。

過往我處理過的危機事件，參與的同事不單緊守崗位，且能於重要時刻互相補位，讓我能專心應對校董會、教育局、傳媒和家長等。學校危機小組的有效運作，絕對是平日同事間工作上的默契而得；否則危機一來，不是孤立無援，便是錯漏百出，更甚者互相推卸責任，衍生出的後果比原初的更不堪想象。

當教師的，都是專業的知識份子，面對同一件事，各有各的思想和看法。如何不予統一，很難建立有共識的團隊。能出現有共識的團隊，就意味著大眾都須放棄自己的部分或全部想法，接受不同意見，容納彼此的矛盾。

為了更好的思想互動，我分別請領導層、中層管理及基層老師自我檢視。

從學校領導的自我檢視，我提出三點：是否有為學校定立發展方向，並致力完成？是否能掌握學校團隊的特性，公平且有效率地分配工作，並負起所有責任？是否能持續地調動起團隊的自發性和積極性？

依我個人的體會，與部屬相處融洽的好校長，並不一定是傑出的領導人才。理想的校長要像老師一樣耐心指導部屬，部屬則像好學生一樣用心學習。只教部屬一次，他便能舉一反三，把工作做好，這種人才不多見，多數是經過好幾次失敗，才能夠掌握。激勵或責備的方法，都無法解決讓部屬動起來的根本問題。

至於中層管理的自我檢視，我也提出三點：你是否願意在校方適當放權後，作更大的承擔？你是否能廣弘視野，吸納外間的優點，以改變現狀？你是否樂於參與共同決策，並致力讓相關決策落實？

同樣，我向基層教師提出三問：你是否能持續地「溫故知新」？當校方授以你空間時，你準備好沒有？你是否樂於與人協作？在自我完善的路上，讓他人查問你的進度，評核你的結果？

我想，當學校每一位持份者都能好好反思，不忘教育初衷，以學生的利益、學校的利益為大前提，彼此協作，謀求共識，一切事都好辦！

山東之旅

林建華

筆者早前跟隨香港校董學會前往山東進行了五天的交流考察，先後參觀了青島二中、中國海洋大學、嶗山、位於曲阜的孔府及孔廟、以及位於鄒城的孟廟。

青島曾於一八九七年被德國佔領，所以山東現在還有很多德國式的建築。一九一九年第一次世界大戰結束，德國是戰敗國，中國代表顧維鈞等參加了「巴黎和會」。他以戰勝國代表身份要求列強歸還山東省給中國，但英美法列強決定把山東半島送給日本人。中國代表因而拒絕於和會上簽字，但仍然阻止不了日本人佔據山東，這事件激發了中國「五四運動」，也讓中國人開始覺醒，因此青島有「五四廣場」以紀念此喪權辱國事件。

孔子於公元前五五一年九月二十八日在山東曲阜出生，曲阜原來也是華夏始祖軒轅黃帝的出生地。孔廟始建於孔子去世後的一年，即公元前四七八年，孔廟經過歷代的擴建增修，佔地面積十四公頃，前後有九進院落，建築群貫穿在一條南北走向的縱軸線，佈局完整，佔有特殊的歷史地位。

孔府亦稱為衍聖公府，是孔子的嫡長子孫的住宅，因為歷代王朝在推崇孔子的同時，也澤及孔子的後人，獲得封官進爵。歷史王朝雖然有更替，但孔子後代卻是歷時最久的貴族世家，孔府樓房廳堂達四百七十多間，孔府既是官衙，也是府第。

孔子是文化巨人，在政治、教育、哲學、文學、及史學等方面作出了重大貢獻。孔子編纂了詩、書，禮、易、樂及春秋等古籍。孔子亦是平民教育家，提出「有教無類」的主張，以禮、樂、射、御、書、數作為全人教育的教材。孔子提出一套做人的行為規範，例如「弟子入則孝，出則弟，謹而信，汎愛眾，而親仁」；「君子坦蕩蕩，小人長戚戚」。孔子也提出一套做人修養的目標，他說：「吾十又五而志於學；三十而立；四十而不惑；五十而知天命；六十而耳順；七十而從心所欲，不踰矩」。

孔子追求學問以十年為期，意思是十五歲而有志於學問，三十歲確立了學問方向，四十歲對學問目標不感疑惑，五十歲而明白自然與生命的微妙關係，六十歲融合了順境逆境，七十歲達至從心所欲的境界，此為人生規劃的最高境界。

《論語》二十篇是孔子的弟子們記載孔子生平講學，以及與弟子們言行對話的一部經典。中國教育部將於二零一九年九月開始在中國語文科從小一至高中加入《論語》篇章作為教材，加入儒家價值觀以傳遞中國傳統文化。香港的中文教材也值得考慮加入更多中國傳統文化。

為青少年高校科學營喝彩

招祥麒

由國家教育部及中國科學技術協會主辦，香港創科局、教育局等協辦的「二零一八年青少年高校科學營」已圓滿結束。海峽兩岸暨港澳地區共一萬一千名高中學生及一千一百名帶隊老師，分別到全國五十三間重點高校學習交流。香港獲分配五百個學生及五十個教師名額。過去幾年，直資議會一直承擔一半名額的報名、聯絡、協調，並擔任團長、領隊等工作。七、八月間，二十五間中學師生浩浩蕩蕩前往江蘇及北京高校，進行為期七天的科學營體驗。從開營儀式到結營典禮，其間的如聆聽大師講課、參觀實驗室、動手學習，比賽交流等，讓高中學生體驗大學生的生活。這不獨是知識的增長，更多是認識來自各地的同輩學生，作情感的交流，並互相撒下科研的種子。去年和今年，我亦趁暑期之便，擔當北京營的團長，其間巡迴訪問各所高校，親身參與部分活動，對各高校的積極用心，深表敬佩。不説活動、住宿、飲食和交通的安排，單是組織大學生作為義工志願服務者，已是用心良苦。先是發出邀請，聲明選用積極、活潑，善於溝通，樂於服務者，再進行適當的甄選，從團員的回饋中，很多便是對他們的悉心照顧表示感激。

香港正大力推動 STEM 教育，不管是科學（Science）、技術（Technology）、工程（Engineering）及數學（Mathematics），其共通處卻在一種創新的精神，由無而有的是「創新」，推陳出新也是「創新」。自然科學要創新，人文科學也須創新，有了這種自覺，學生致力於文理工商，對國家社會都有好處。

筆者從事古典文學研究，也嘗試以舊體的格律，結合當前的情與事，寫成《北京高校青少年科學營雜興七首》，錄之如下，以供同好指正：

科技研磨國力強，青春爭赴有良方。上庠不畏炎炎夏，招聚提攜七日忙。（以詩代序）

夢進清華學子心，豈無猛志怯高岑。從今奮翮青雲路，四海相逢為惜陰。（探訪清華大學營學生）

懷柔路遠舊曾諳，薊北上庠理足耽。萬里動車名宇宙，玄深力學此中談。（參觀中國科學院力學研究所）

學而時習證斯言，妙控飛行鬥一尊。暑氣合圍心內熱，欣投青眼轉乾坤。（中國科技大學觀青少年無人機大賽）

藝文科創煉同罏，歌舞連連意亦趨。樂爾今宵明日別，忘情逸興且高呼。（觀北京航空航天大學營結業學員表演）

七日離情我欲還，強親文墨上蒼顏。青年自許思潮湧，到老不閒詩亦閒。（科學營結業感賦）

寓居酒店無餘事，忽湧詩情謝不能。吟罷燈光明轉暗，眼中文字欲飛騰。（結語）

臨別感言

黃廣威

筆者在教育界服務了三十六年，回望過去，教學生涯十分精采之餘亦有高低起伏，但就如我熱愛行山遠足一樣，只要沿途樂在其中，到達終點時必能享受辛勤及努力以赴的成果，一切苦澀辛勞盡皆是絕對值得的。

運動界中「MVP」代表最有價值的球員，今年有畢業同學在謝師宴致詞中以學校的「MVP」形容筆者。其實「MVP」在筆者心目中卻是具有不同的含義。「MVP」包括動機（Motivation）、價值觀（Value）和規劃（Planning），我認為三者對於幫助同學實現他們將來的夢想是非常重要的。事實上，具有充滿求知欲的動機是可以驅使同學實現他們的目標。但動機是從何而來的呢？當與他人互動的過程中意識到自己的優勢和弱點時，或是當他人欣賞和讚美自己所做的事時，動機就會來到你的身邊。動機可以協助同學發揮潛力和達到目標，這就是筆者作為校長時一向盡力豐富同學的學習經驗，以及致力為同學在本地和國際上創造廣泛的互動機會的目的。

作為教育界的一份子及擔任校長領導學校發展一職，筆者重視學校裏每一位同學，而且認為每個同學都是獨一無二的，各自有自己的需求、潛力、興趣、能力和夢想，每個同學對生命中有價值的東西有完全不同的想法。作為一個終身學習的人，同學們需要有具批判思考的價值觀。我希望家長及老師們可以幫助同學培養一個超越表面、具正確信念的價值觀。同學們應該追求持久，對自己和他人均有意義的價值觀，並持續為之奮鬥。

至於對現今同學的期望，我希望同學們能明白，今天的成功是因為昨天的積累，明天的成功則依賴今天的努力，成功是需要有一個過程的。時間是最公開最合理的，它從不多給誰一分，勤勞者能叫時間留給他一串串的果實，懶惰者時間則給予他們一頭白髮，兩手空空。希望同學們能明白後悔是一種耗費精神的情緒，後悔是比損失更大的損失，比錯誤更大的錯誤。所以不要後悔，從今天起就改變自我，挑戰自我，從現在就立刻開始。

中國人說一年之計在於春，一日之計在於晨。我會說，一個美好的學校生活計劃應該就從由今天開始的。家長應該全力協助同學制訂一個全年的學習計劃，以幫助他們在每一個學年實現一個目標。逐漸地通過培養規劃的習慣，同學將會成為一個，有規劃有計謀的人，能夠履行他們對自己和對他人做出的承諾，這將會對他們日後在社會的成長有莫大裨益。

對我來說，每一個同學都是「MVP」——最有價值和我最珍視的人。是他們在背後激勵我要做一個十分努力、願負責任的校長。每當我在籌劃學校的發展時，在我的腦海裏必先會把同學放在第一位，因為他們就是我的「MVPs」。

最後，我祝願各位家長及同學，大家互相都是對方心中永遠的「MVP」！

憑詩寄意

招祥麒

敦煌是絲綢之路上經歷最久、遺存最豐富的寶庫之一；它位處東西交匯的樞紐，也是重要的佛教聖地。聞名世界的莫高窟經歷了十個朝代的發展，構織成一部跨越千多年的浩大史詩！此外，月牙泉、鳴沙山等名勝也名聞遐邇。香港直接資助學校議會為推動校長及中層管理人員認識「一帶一路」之絲路敦煌歷史文化及教育的情況，促進兩地交流，以便將來各校自組團帶領年輕學生參觀學習，特別舉辦「一帶一路之絲路敦煌文化教育考察團」。直資議會一行校長教師三十人，有幸得到中聯辦教育科技部推薦，承蒙國家教育部支持，甘肅省教育廳組織安排，考察團終於順利成行，而且非常成功。六日五夜之旅，行程充實，遍訪敦煌各處，談教育，察文化，交流分享，收穫甚豐，不單促進兩地的教育交流，並促成敦煌市北街小學劉文校長率領該校主任及老師前來香港訪問交流。

筆者作為是次考察團的團長，心所感而形於言，率爾成章，以詩紀實，與讀者分享。

抵敦煌夜宿萬盛國際飯店

暮至敦煌市，陽關路上行。邊城秋氣肅，圓月夜空明。戰戍千年往，華戎一笑傾。車停萬盛宿，長夢意縱橫。

拜會敦煌教育局，並參訪敦煌中學感賦

敦古文化重，煌煌一脈存。教推人為本，育才德佔先。局變研方定，學開正養難。欽彼導前路，黽勉天地寬。交流在今日，肺肝致目前。

沙州夜市遊

華燈粲市客相將，小檔逡巡夜興長。少買葡萄乾杏肉，烤羊伴酒暫清狂。

莫高窟

三危之山現佛光，樂尊膜拜禮夕陽。始鑿石窟名俱揚。千年善信自相將，彩塑屢增壁畫長。五百洞窟大荒藏。藏經有洞記滄桑，圓籙道士恨荒唐。可憐瑰寶百十箱，何忍離根運遐方。遠來考察值秋涼。細聽故事益神傷。猶幸顯學有敦煌。四方研學不可忘。

登鳴沙山

踏沙不意登陟難，鈴響駱駝舉步安。久立蒼茫詩思盡，遠方古道夕陽殘。

月牙泉

陽關送別過樓台，曉澈清泉數畝開。西去不知何日返？不圓明月自生哀。

到陽關用王維送元二使安西韻

輪飆百里未揚塵，烽燧初來舊亦新。眼底陽關證興廢，漢唐秋日照遊人。

玉門關用王之渙涼州詞韻

玉門詩意有無間，戈壁茫茫隱雪山。大漠城牆猶古色，秋風殘照漢邊關。

訪敦煌北街小學

扶幼在精誠，不分校齡長與短。教研重實踐，首在關懷冷和暖。創校三數年，聲名力爭先，北街小學我來訪，心絃撩動感多端。從來管理如烹鮮，手揮輕重如斫輪，走馬微觀亦如此，滋蘭樹蕙何所擬？觀課語文欣同行，琅琅書聲散書香，點撥引領有良方，青眼相投不能忘。

己亥春聯與詠豕詩

招祥麒

我習慣在農曆新年撰寫春聯，在學校的楹柱和家門張貼。今年也不例外，我以「己亥」二字嵌入寫成一副「鶴頂格」的對聯，聯曰：「己土居中新籌繼勝；亥年算永益壽延禧」。「己」，在五行中屬「土」，五行相生之順序為「木火土金水」，「土」處「中央」位置；居中者，運籌帷幄，決勝千里。「新」，此處作動詞，革新之意，即在原謀略之上進行革新，以持續取得勝利。「亥年算永」，典出《左傳》，大意說春秋時代晉國大臣師曠算出絳縣老人之歲數為七十三，太史趙則說「亥有二首六身，下二如身，是其日數也」，士文伯解開「亥」字之謎，謂老人共活二萬六千六百六十日，亦是七十三歲。後世以「亥算」作為祝壽典故。「永」，長久也。由「亥年」算出年歲的長久，引出「益壽延年」之意，不單止「延年」，更進一步是「延禧」。「禧」者，福祉，吉祥之意。

同時，我又寫了一首詠豬的詩，題為《己亥新春詠豕》：

長欽子夏識，古史辨無遺。己土恆載物，亥水潤有時。吐語迎春吉，揮翰墨淋漓。生肖何所屬，詠豕乃相宜。我非留長孺，立名不在斯。長喙列參軍，稱伯魯津奇。畜以食死士，恢復志所施。買肉東家鄰，母教垂芳徽。剛鬣處卑穢，青史留談資。念此當努力，年邁莫可追。

詩要扣題，自然圍繞「己亥年」和「豕」著墨。全詩分四解，前四句一解，以「己亥」落想，從欽佩子夏辨史的卓識寫起，《呂氏春秋•察傳》記載孔子的學生子夏前往晉國途經衛國時，聽到有人讀到史書的一句：「晉師三豕涉河。」子夏指出怎會是三豕渡河呢，「三豕」應該是「己亥」，因「己」與「三」相近，「豕」與「亥」相似，所以產生錯誤。其後證實子夏的判斷正確。「己」，在五行中屬土，土能載物，「亥」則屬「水」，水能潤物。第五至第八句二解，說新春伊始，吐語吉祥，揮翰作詩，也就不妨以本年生肖——豕為歌詠的對象。第九句至第十四句三解，舉述與豬相關的幾個典故：司馬遷《史記•日者列傳》記留長孺以相豬立名；崔豹《古今注》說「豬一名長喙參軍」；《太平御覽》引《符子》說燕昭王所畜養的大豕化身為魯津之伯；《越絕書》記越王句踐畜雞豚，將伐吳，以食死士；《韓詩外傳》記孟子少時，孟母向鄰人買豬肉給他吃，以示守信不欺。最後四句末解，指豬之為物，雖身處卑穢，猶能在歷史上留下供人談論的材料，寄語讀者當及時努力，否則年光飛逝，他日寂寂無名，追悔莫及矣。

現代人能寫對聯和舊體詩的不多，就算是大學中文系畢業生也未必個個能寫；畢竟時代轉變，也毋須要求所有人都能寫。但要知道，對聯和詩歌用字求精練，內涵要豐富，我們儘管不能寫，也必須學習、認識，才能有效傳承優秀的傳統文化！

庚子鼠年春聯與詩

招祥麒

尚有不到十天便踏入庚子鼠年。早前答應為《青年學藝園地》撰寫春聯，我以「鶴頂格」，將「庚」、「子」嵌入上、下聯之首，聯曰：

庚歲欣回更新好運
子衿長詠寄望青年

上聯以「庚歲」起，按天干地支紀年法，天干每十年一循環，十年前是「庚歲」，十年後「庚歲」重回。「庚」在五行中屬「金」，「金」的重來，自有新氣象。《釋名•釋天》：「庚之言更也。萬物皆肅然更改。」「庚」有更換、更新之意，所以上聯由「庚歲」欣然而回，而聯想到「更新好運」。

下聯從《詩經•鄭風•子衿》詩落想。據《毛詩序》：「《子衿》，刺學校廢也，亂世則學校不修焉。」孔穎達疏：「鄭國衰亂不修學校，學者分散，或去或留，故陳其留者恨責去者之辭，以刺學校之廢也。」因此，當長詠其詩時，自然興起對年輕人的想念，致以寄望之情。

我還撰寫另一聯：

庚橫有兆群黎共協
子孝其親百福駢臻

上聯「庚橫有兆」，語出《史記•孝文本紀》：「大橫庚庚，余為天王，夏啟以光。」意指夏啟能光大夏禹之業，漢文帝接高祖之跡，也能如此。此借喻當政者應在前人的基礎上奮發，而成功的因素在於「群黎共協」，指能令到所有人都能共同協作，努力做事。

下聯勉勵所有人行孝。作為人子，如能孝順其親，敬老尊賢，則各種各樣的幸福（百福），都會一併到來（駢臻）。

此外，子年屬鼠。我寫了一首《庚子年詠鼠》詩，與讀者分享：

鼠之壽也長，厥名冠以老。鼢鼸鼷鼬鼮，類繁知難曉。牙利能穿墉，形纖性黠狡。或藏地中洞，或棲林中沼。晝伏而夜遊，竄黑行蹤渺。在田物恆傷，在戶眾皆惱。一胎輒十數，子孫塞滿道。薰灌無所施，藥餌計未好。詩人刺無禮，對此失其表。食粒官吏同，烝民憂其擾。榮辱無他殊，是非難遽考。莊論能相諧，惡物即為寶。李斯辨所處，相嬴廟堂遶。蘇武徙北海，荒野賴食飽。三世不畜貍，冥報勝祝禱。生肖貴居首，排次重嬌小。習習谷風來，生意窗前草。庚更期新運，子夜中情藐。恍聽鼠聲嘐，未知何所兆？

詩分三解。第一解從老鼠的名稱、體型、性格及生活特性描繪，其對農田及民眾的破壞與騷擾著筆，並引出《詩經•鄘風•相鼠》、《詩經•魏風•碩鼠》以老鼠諷刺在上位者的無禮和貪婪擾民。第二解以「榮辱無他殊，是非難遽考」始，指出「榮」、「辱」、「是」、「非」無分別，亦難論定。莊子的齊物論，指出觀念一轉，「惡物即為寶」。接下以四例印證：李斯得老鼠而啟發，蘇武賴老鼠而生存，李氏愛鼠不養貓而獲福報，老鼠更在十二生肖中排列首位。第三解總結。「習習谷風來，生意窗前草」，寫春到；「庚更期新運，子夜中情藐」，以「庚」、「子」遙應題目；末兩句以恍聽鼠聲，未知何兆作結，留有餘味，也讓讀者深思。

書名：　直資人語
作者：　香港直接資助學校校長
責任編輯：　香港直接資助學校議會
出版：　南華早報
電話：　(852) 2680 8822
出版日期：　二零二零年十月初版
定價：　港幣九十八元
國際書號：　978-988-13499-7-2